故事可以這樣寫

紐伯瑞文學獎得獎作家創作絕技手冊

《魔法灰姑娘》作者

蓋兒．卡森．樂文／著

麥倩宜／譯

Writing Magic

by Gail Carson Levine

關於《故事可以這樣寫》這本書

《故事可以這樣寫》談的是怎麼寫小說及故事，但對我們書寫任何形式的文章都有幫助，諸如電子郵件、散文、問候卡、情書，甚至以噴射機在空中書寫廣告文案等。

紐伯瑞文學獎得獎作家蓋兒・卡森・樂文在《故事可以這樣寫》裡和讀者分享她傑出寫作才華的祕密，她教我們怎麼獲取故事靈感、構想出色的開頭和結局、如何撰寫精采的對話、創造出令人印象深刻的角色……許多寫作的技巧，並鼓勵讀者也可以辦到。此外，她還建議我們在寫作陷入困境時該怎麼辦，以及如何運用有助益的批評等；最棒的是，她在書中提供許多寫作練習，藉此激發出我們無窮的想像力。

蓋兒・卡森・樂文以幽默、誠實和智慧的文筆與內涵，引導讀者明瞭，我們也可以用文筆創造魔法。

認識作者——蓋兒・卡森・樂文

© David Levine

蓋兒・卡森・樂文（Gail Carson Levine）生長於紐約市，一生從事寫作，她在一間兒童寫作班任教多年，這項工作促成她撰寫此書。蓋兒所寫的第一本童書是《魔法灰姑娘》（*Ella Enchanted*），本書榮獲一九九八年紐伯瑞文學獎。她另兩本作品《最美的》（*Fariest*）、《夜晚的大衛》（*Dave at Night*），分別榮獲ALA優良童書及青少年最佳書獎；此外還有《願望》（*The Wish*）、《巴梅爾的兩個公主》（*The Two Princesses of Bamarre*）及「公主故事」系列等。她也著有繪本《喊狼來了的貝西》（*Betsy Who Cried Wolf*），此書由史考特・納許繪圖。

蓋兒和先生大衛，及兩個孩子艾利代爾和貝斯特，一家人住在美國紐約州哈德森河谷內，一幢兩百年歷史的老農莊裡。

願把金針度與人

兒童文學作家 林良

本書作者蓋兒．卡森．樂文女士，是美國一位兒童文學作家，同時也在一個兒童寫作班任教許多年。她的第一部作品《魔法灰姑娘》在一九九八年得到「紐伯瑞文學獎」的肯定，從此專心從事兒童文學創作。後續作品的一再得獎，使她對兒童文學創作更具信心，累積了不少寶貴的心得。

在這本書裡，她讓自己的「寫作經驗」和「教學經驗」結合在一起，把全部心得毫無保留地傳授給有心從事兒童文學創作的讀者。她用一種「從頭說起」的態度，依序傳授她的心得：從靈感的來源，到作品的開頭，到細節的安排，到角色的創造，到對話的寫作，到敘述的進行，到文學的修飾，到作品的修改，到退稿，到出版，一直談到心花怒放地為讀者「簽書」。

除了寫作經驗，作者還有豐富的教學經驗，深知寫作能力的成長和作品的誕生，都來自一個「寫」字。所以她在每章論述之後，都為讀者安排了作業。

這些作業有的是「定性」的，有的是「定量」的，有的是「定時」的，反正就是要你「寫」。她的口號是「永遠寫不停」和「享受寫作的樂趣」！

書中有許多論述，流露著新意，讀來印象深刻。例如談到為孩子寫長篇故事，有些地方需要「敘述」，有些地方需要「展現」。「敘述」是提供讀者必要的訊息，要清楚明白。「展現」是為讀者作必要的描寫，要具體生動。

例如談到什麼是「細節」。作者認為「細節」就是為概念化的敘述作註解。我們說一個人穿的衣服很難看。怎麼個難看法？那答案就是「細節」。

論述中也提到「對話」。作者認為我們為長篇故事裡的對話，常常會不自覺地掉以輕心，脫離實際。她特別強調對話的「生活化」和「真實感」。

書中最精采，而且是前人所沒談過的，是作者所傳授的「尋找靈感」的方法。她認為與其坐著發呆，不如拿出紙筆來捕捉靈感。她建議我們放鬆心情，在紙上一句接一句地寫「任何東西」，只是不要停止。我們甚至可以寫出當下自己的心情或是一段回憶。我們可以形容所寫的是隨興的，是無聊的蠢話，甚至是一些垃圾，但是不要停止。直到紙上出現我們信筆寫來的某幾個字，令我們眼睛一亮，精神大振——我們找到了我們所要的靈感，知道我們該寫的是什麼了！這真是一種「用筆思考」的好方法。

「金針度人」是指把祕訣傳授給人。我們讀這本書，感受最深的就是作者「願把金針度與人」的精神和胸襟。一般論述文字創作的書，都把焦點放在成人文學，跟兒童文學難免有些隔閡。也因此，這本聚焦在兒童文學創作方法的書，更值得我們珍惜。

拿起筆來就能寫嗎？

青少年文學閱讀推廣人　張子樟

寫作能教嗎？不論成名的作家或一般拙於書寫的人都不相信寫作可以教。但在一個寫作能力急速萎縮的年代裡，最基本的書寫能力似乎又變得十分重要。如果從這個角度來思考，人人都得具備一些寫作常識，改善自已不甚理想的書寫能力。

坊間談論「如何寫作」的書籍滿坑滿谷，但多半是一些成名已久的名家回顧自已寫作過程、或自詡為作家者拚命吹噓自已的能耐，但乏善可陳的「參考書」，對寫作感到茫茫然的人幫助根本不大。蓋兒．卡森．樂文的《故事可以這樣寫》雖然以兒童文學的創作為討論重心，但對於剛握筆嘗試寫作的人卻是一場及時雨。

作者是個有心人，面對一大群握筆卻不知如何動筆的人，她忍不住傾囊相授，把自已的寫作經驗全都搬出來，她在第一章就開章明義地點出寫作的基本規則：一、儘可能常常多寫作；二、尊重自已的作品；三、多閱讀別人的作品。她一再強調多寫、多看、多讀的重要。這些所謂的基本規則對於想寫作的人來說，應該等於普通常識。但了解是一件事，實踐是另一件事。由成名作家嘴中說出，也許功效較大，這當然是這本書預期達成的目標。

細讀這本書，想寫作的人會發覺還是有實作經驗的人體會較深。作者談到了靈感、細節、對話、敘述觀點、展現與述說這些基本原則，又進一步細說主角、配角的安排、肢體語言的運用、挑選合適的名字等等。對於一般有心創作又不願或害怕批評的人，作者談到了「作家團體和其他助力」的重要。她也沒忘記教你如何修改文稿，甚至連如何出版你的作品都點到了。在互文觀念高漲的年代裡，她也勸你改寫童話故事。該說的都說了，你要怎麼寫，那得看你的表現了。

儘管本書作者為有心寫作的人描繪了一個美好的未來，但頭腦冷靜的人心中都很清楚，想把作品寫得比別人好，多少得仰賴天分。這樣說似乎殘酷了些，但這是實情，人生本來就是如此這般。然而書中教你的基本功夫，即使不會讓你成為名作家，至少你在寫一般的電子郵件、情書、問候卡等，也不會覺得心虛。如果你因為細讀這本書，你的文字變得流暢通順，那你就沒辜負作者的一番苦心了。

尋找魔法接班人

東海大學中國文學系副教授　許建崑

接獲小魯的吩咐，要為這本書寫序，我有些惶惑。原作者蓋兒小姐願意將她的寫作祕密公諸於世，希望讀者們能夠得到她的「金手指」，拿起筆來，一樣的「點石成金」，寫出好作品。是理論的書呢？要小讀者讀本「怎樣寫好一本書」的書，恐怕有些無趣呢？更何況蓋兒小姐所舉的故事例證，是珍．奧斯汀、凱瑟琳．派特森、金柏莉．威樂絲．荷特等名家的作品，小讀者未必能讀遍外國作家作品，如何能了解其中的奧妙呢？如何介紹這本書，讓小學高年級到國中學生能夠從中獲得閱讀的樂趣，並且學會故事寫作，應該是我的任務吧！我懷著惴惴不安的心情，抱著這本書稿去臺東大學兒童文學研究所，一邊幫忙畢業生口考，一邊持續閱讀。暑假即將結束，還是沒有找到切入點，直到我又帶著書稿旅行到花蓮。

花蓮的故事媽媽打算變成小說媽媽

花蓮故事媽媽團邀請我去花蓮，和她們分享「少年小說的欣賞與導讀」，希望能夠因此多讀一些「少年小說」，好增加「說故事」的素材與能力。辨識「故事與小說」便成了重要的功課。原來「故事」多半經由口耳相傳，即使是寫下來，也是經由說故事人的「口氣」來表達，無論神話、寓言、民間故事，或者童話，都是以一種簡單的結構來表現。故事的情節可以反覆三次，如「三隻小豬與狼的鬥法」、「砍樹而獲得金鵝的三兄弟」、「白雪公主三次被壞皇后謀害」；至於人物的形象善惡分明、美醜立見，弟弟通常是聰明善良的代表，而哥哥專使壞心眼。

故事的結局，小主角不是得到了勝利，就是有了美滿的愛情、婚姻；壞心眼的人通常「偷雞不成蝕把米」，得到殘酷的懲罰。

小說呢？就從口氣、情節、人物、結果來談吧！小說家比較喜歡隱藏自己，他會假裝是故事中的主角或配角來述說故事，即使是以第三人稱來書寫，他也會躲得遠遠的，讓讀者以為是「真實而客觀」的事件。情節的進行，不能夠再是「說巧不巧」的意外發生，而是「有道理、講得通」的因果關係。人物要有獨特的個性，講話、舉止都與眾不同，面對挫折要想盡辦法解決，因為已經沒有神仙和魔杖來幫忙。至於故事結果，不再是主角婚嫁，獲得城堡、王位，或者是作者試圖做道德的勸說。讀者要思考的問題，可能是人物真實性格的展現、面對事件的的勇氣與奮鬥，儘管人物可能失敗或離去，都不會以「成敗論英雄」。

故事是小說的「素材」；但作為小說，就要講求「說故事」的技巧。花蓮故事媽媽期望把「說故事」的能力，升格到「說小說」的複雜境界。

請看蓋兒小姐的寫作魔法書

蓋兒小姐的這本書，其實就是訓練「說小說」能力的一本書。不像一般的理論書籍，機械式的談論人物、情節、觀點設計、表述程序、文筆風格與主題思想，而是與讀者在「閒談」中，建立起寫作的信念與進程。

全書分為五大部分。首先是「凌空而起」，蓋兒小姐建議要讓自己找到寫作的欲望。每個人都有寫作的權利，而寫作可以提高自己的「自信心」，只要是自己寫下來的文字，不管好或不好，都要留下來，因為任何文字都可能「化腐朽為神奇」，千萬不要給「批評家」嚇退，當靈感來臨時擋也擋不住。接著，你開始學習觀察，聽見什麼，看見什麼，聞到的氣味，嘗到的滋味，摸觸的感覺，都可以記錄下來。提筆寫作時，會讓人左右逢源，文思泉湧！

第二部，蓋兒小姐與讀者談論「用心放膽」，講求專心和膽識，是本書的主軸。開始做細節的描寫、人物設計、對話、文章開端、觀點、語調與故事收尾。她發明了「人物個性問卷表」，可以幫助初學者快速掌握主角性格與人物關係；她還特別提到「讓主角受苦」，認為只有「脆弱而受傷害」的主角，才會讓讀者擔心而投注更多的感情。

第三部是「深耕」，篇幅很短。蓋兒小姐談論完稿、修稿與尋找修稿的助力。接著第四部「繼續深入」，屬於進階的課程。作家們常被警告，要「展現」而不要「述說」。蓋兒小姐打破了這個迷思，認為兩者能力必須兼具。她交代「對話」書寫簡單而有效的方式，也重回「觀察」的課程，開始做細部模擬、思考、描寫等應用，也注意到人物名稱的設定、書寫語調的統一與變化。第五部「永遠寫不停」，蓋兒小姐提到了寫作的目的與出版。她舉出自己的例證，認為寫作是為了「振奮精神」。剛開始寫作，「尋找自信」是個好動力；投入寫作之後，建立了自信心，你會發覺「書寫人生」確實有更大的意義在等著你去發現！

尋找魔法接班人

我們花了三個小時在花蓮的課堂上，分享了幾十個故事。一篇故事可以講一分鐘，也可以講半小時。原來，故事之所以能夠「隨性伸展」，就是說故事人賦予的力量，自然也是寫故事人必須具備的能力。

課後，雙黃小姐安排赴陳醫師的午宴，在一家風味十足的咖啡店。陳醫師述說她夫君曾律師如何填寫志願而來到花蓮執業，如何開發玫瑰石的文化藝術，又如何結識沈老師，有了石畫聯展的創舉。沈老師又如何從藝術的熱愛中，結合了建築、繪畫與音樂，也開發了品賞咖啡的一套哲學。他們又如何結合花蓮的故事媽媽，來推展花蓮的文化事業與閱讀風氣。故事中有許多巧合，卻又有許多不得不然的發展，才可以蔚為花蓮的文化傳奇。

在座的還有作家黃文輝，從電子新貴的工作退下來，旅居英國蘇格蘭、紐西蘭，最後回花蓮定居。我問他如何走上寫作的道路？他說，他塗鴉了幾篇作品寄回國內報刊發表，得到小魯的青睞。因此繼續寫了十五篇稿子，集成第一部處女作《東山虎姑婆》。從那一刻起，他愛上了寫作，也決定為孩子寫一輩子。

我看著花蓮人把藝術、文化、寫作，表現在工作中，也落實在生活裡，再低頭看看身邊帶著蓋兒小姐的書稿，有一種強烈的感覺。創造，是人生最有意義的選擇，無論古今中外；而寫作能力的培養，又是所有創造意念的先發。寫作一如魔法，可以讓這個世界更美麗。蓋兒小姐的這本《故事可以這樣寫》，確實提供了喜愛寫作的孩子一個快速而有效的導引途徑。至於書中所舉的書例，還請當作重要的指南，找原書來讀讀，國內多半已有譯本出版，可以因此增廣個人的閱讀空間。

目錄

第一部　凌空而起

第一章　流暢的開始

這本書談的是怎麼寫小說和故事，但對我們書寫各種型式的文章都有幫助，諸如電子郵件、散文、問候卡、情書，甚至以噴射機在空中書寫廣告文案等。

以下有多項題材供你選擇，你可任選一項開始寫一個故事。你可以略微或大幅更動這些文句，好讓你寫得更順暢；也儘管變更文中的名字；只要你高興更可以顛倒性別，把男生變女生，女生變男生也無妨，不過一個主題至少要寫二十分鐘。

來啊，開始享受寫作的樂趣吧！

＊我的眼睛一隻是綠眼珠，一隻是棕眼珠；綠眼珠看見事實真相，但棕眼珠看得更多，比另一隻眼多得多。

＊那個鬼正在吃一個花生醬夾果醬三明治。

＊「對他好一點，畢竟，他是你弟弟。」我爸爸說。

＊我是全美國最出名的十二歲孩子。

＊傑森從來沒覺得自己這麼蠢過，他希望永遠不要再這麼蠢了。

＊如果沒人快點設法因應，馬上就要大難臨頭了。

＊艾麗森是家裡的醜小鴨，天生小不點加醜兮兮的，到了十三歲還是又小又醜的。

＊那間房子陰森森的，低垂的屋頂，灰撲撲的油漆，虛掩的窗扉像斜著眼瞪人，空蕩蕩的門廊上那把搖椅，日夜不停搖啊晃的。

＊我第一次遇見史蒂芬時，他在我右手臂上畫了個魔咒，害我的手指三個小時動彈不得。

＊佛萊明太太的假髮不見了。

好啦，你已經寫好了，恭喜你！如果你的故事還沒寫完，那就留著稍後再多寫一點；如果你已寫完了，也把它留著。

這時如果你想回頭再挑一個主題寫另一個故事，悉聽尊便別客氣；兩個故事要比一個故事好，三個又比兩個好。只要你高興，你可以寫十個故事，或者再加一倍，寫二十個故事！

這本教人寫作的書有幾項規則如下：

❶想寫得更好的最佳方法是多寫一些。

❷想寫得更好的最佳方法是多寫一些。

❸想寫得更好的最佳方法是多寫一些。

❹多寫一些的最佳方法是只要有五分鐘，只要能找到一張椅子和紙筆或電腦就寫。

❺多看多讀！你很可能並不需要這項規則。如果你喜歡寫作，很可能也喜歡閱讀。愛看書的收穫是透過閱讀教你怎麼寫作。

❻一讀再讀！喜愛的書多看幾遍並沒什麼不對；你一再閱讀它，書中的文字便深入你腦海，化成你的一部分，而只看一遍的書本文字並不會變成你的。

❼把你寫的東西全保留起來，即使你並不喜歡這些作品，甚至很討厭它們。至少要保留十五年，我是說真的；十五年後，如果你想扔再扔掉，但即使如此，也不要輕易扔掉你的作品。

最後一項規則需要說明一下。很久以前我曾經以為，長大以後我還會記得小時候的情形，而且隨時可以重返童年時代。

但我並不能。

當你成為青少年時，你已踏上一條橋，你上了橋，對岸是成年，童年拋在後面，這條橋是木造的，當你跨橋前進時，後方的橋身便燒毀了。

即使你保留作品，還是不能回到童年，但你可以回顧那個失落國度裡的自己，也能跨越那道寬闊的河流，更接近當年的自己。

不論你日後是否繼續寫作，你還是很慶幸能保有早年的紀念品。

以下三項不是規則，而是誓言，大聲說出來。

本人在此鄭重宣誓：

1.儘可能常常多寫作。

2.尊重自己的作品。

3.多閱讀別人的作品。

我接受以上責任並永遠遵守誓言。

第二章　我為什麼寫這本書

當我能把寫作當成全職工作時，真覺得自己是全世界最幸運的人。於是我決心把幸運分享他人，在家鄉的寫作班擔任志工，義務授課。

這工作我做了許多年，愈來愈覺得自己比以前更幸運。我熱愛教導那些來上課的孩子，能認識他們是我的榮幸。

我寫這本書的部分原因是為了這些孩子，因為我在教授寫作的同時，學會更多如何寫作的技巧，更清楚故事開始和進行的方式，也明瞭自己和學生們寫作受阻的情形，所以我想儘可能教更多學生，與他們分享我的所學。

我寫小說的理由很多，其中之一是能擁有權力，我在創作時操控全局，你也可以，你能創造故事中的世界，並訂定一切規則。

我寫作是說故事給自己聽，或說給小讀者聽（我也曾是個小讀者），因為我知道他們喜歡什麼樣的故事。我改寫老故事，依我認為合適的方式來述說，最重要的是，我在寫作時發掘自己。你在寫作時會明瞭自己的潛力，訝異自己竟能編出某個笑話，或寫出令人毛骨悚然的恐怖情節。這時你會想：哇！真不知道自己有這個能耐呢。

我寫作時還會發現自己的情感，下面要舉的例子有些悲傷，要有心理準備喔。

我父親在一九八六年去世，那年我三十八歲，母親接著在一九八七年去世；一九八九年我尚未出版任何作品之前，寫了一本名為《夜晚的大衛》（*Dave at Night*）的圖畫書，故事敘述一個父母雙亡的小男孩被送到孤兒院生活。在現實生活中，我父親正是一個在孤兒院長大的孤兒；我書中的小男孩做了一些奇妙的夢，夢到一對喪子的夫妻，那對夫妻也做了一些有關孩子奇妙的夢；夫妻和小男孩醒過來後相遇了，彼此都有好感並愛上對方，後來那對夫妻收養了小男孩，三人從此過著快樂的生活。

結果沒有人願意出版這本圖畫書，於是我增加故事的內容，改寫成小說，但還是沒有人願意出版。最後我只得把這本書擱置，寫了《魔法灰姑娘》（*Ella Enchanted*），並找到出版社出版這本書，接著我便把《夜晚的大衛》交給我的出版編輯過目。

編輯同樣否決這本書，但她請我考慮改寫；當時那本書被我擺了好幾年，我一直沒再看它，於是便重讀一遍——結果相當震驚。

當年我寫這本書時，仍沉陷在喪失雙親的哀慟中，那時我自以為書中描寫的孤兒是父親，但當我重讀時，才恍然大悟那個孤兒其實是我自己！因為我太思念父母了，所以想再找新的父母。

我很感謝能夠這樣深入的內省，以前我並不了解自己內心的情感有多深，現在終於明白了，寫作賦予我這種能力，於是我著手改寫，這回我的編輯接受這本書了。

寫作時間！

請寫一個故事，主題是主角在校車的座位上發現一條鑽石項鍊。這是最初的構想，但如果你想要變更故事情節也可以，比方把項鍊改成一頂戴上之後能聽見別人心裡想什麼的魔法帽也可以，再不然把校車座位改成電影院座位也沒關係，反正隨性愛怎麼寫就怎麼寫。

好好享受寫作的樂趣！

要把作品保留起來喔。

第三章　閉嘴！

小時候我並不想當作家，我想當的是演員，或像大姊一樣當畫家，後來因為自覺個子太矮，所以放棄了明星夢，不過我還是繼續作畫。大學畢業後我開始工作，在紐約州政府上班，協助領取社會福利金的失業者謀職，工作之暇我便作畫。

可是只要我拿起畫筆開始作畫，若十五分鐘內畫不出可以裱框的像樣作品——真的很少畫得出來，我便聽見腦袋裡傳來喋喋不休的叨唸聲，比方說：「畫得真差勁，你根本不知道自己在畫什麼；你根本不是畫家，簡直爛透了。」

顯然我腦袋裡響起的這種批評，讓我當不成快樂的畫家。

現在我去學校時，都會問學生他們創作時是否會聽見挑剔的嘮叨聲，結果每一年級的班上都有很多學生舉手，我問大人同樣的問題，他們也舉手回應。

到底這種愛挑毛病，無論如何都不滿意的嘮叨發自何處呢？

它源於自某一種批評，只是特定的一種。這種批評並非發自一個懂得讚美肯定的老師，這樣的老師會誇你的畫作左下角用的藍色很美，如果在別處也用這種藍色，一定會令人目不暇給。這種批評也不會來自給予意見的朋友，他會請你解釋為什麼你書裡的主角會對最好的朋友大吼大叫。像這類的建設性批評是有助益的，你可以從中學習。

但引發嘮叨的批評卻毫無助益，而且具有攻擊性，非但不支持你，反而矮化小看你。譬如有人說你不夠聰明，所以無法理解某個複雜的觀念或想法；有人說你有很多才能，但藝術（或音樂或數學）並不是你的特長；還有人甚至乾脆直截了當地指出：「你就是不是寫文章的料，親愛的。」

不知為什麼，人們聽了這種話便信以為真，並深植在內心和腦海之中。

記得小時候我父親就說過這類蠢話，他說：「女人不會唱歌。」如今大家都知道傑出的女性歌手比比皆是。當年我父親說這句話時，我就擁有不少錄有女歌手美妙歌聲的唱片（那時還沒有發明CD）。

如果我舉出這些女歌手的名字提出反駁，父親就答：「她們只是這項規則的例外。」

我不知道對這種說法該有什麼好回答，但我不需要為他找個好回答，我需要為自己找個好回答。

我一直聽信父親的話，直到今天我對唱歌都感到害羞膽怯，我居然讓一句蠢話剝奪了唱歌的樂趣。

總之我繼續畫畫，後來去上童書寫作與繪畫課，並發現自己討厭畫圖，卻喜愛寫作的功課。我寫作時，腦袋裡的嘮叨批評聲消失了，於是我才能在寫作上小有成績。

近日來這種批評聲有時又會浮現，但我往往能壓下它，告訴它先讓我寫完，然後再任它暢所欲言。等到我寫完時，它已經站在我這一邊，變成有助益的建言了。

你也可以和我一樣，你也可以叫那種嘮叨的批評聲閉嘴！它又不是什麼權威，並不比創作中的你更懂寫作。

這很重要。每一回當你認定自己的構想不佳，或者你告訴別人你寫得很糟——你每說一次，就等於讓嘮叨的批評聲獲勝，而你因此付出很大的代價，也就是你的創作力，那正是你之所以為你的一部分。你如果讓批評聲獲勝，無異抹殺了自己，踐踏自己的快樂、你的清新，以及你豐盈的天賦。

能夠繼續創作，戰勝批評的人就是英雄。我們的故事因此得以完成，並被傳頌，我們的畫作將被世人看見，我們的歌也會受人聆賞。

所以閉嘴吧，批評！

寫作時間！

以下兩個練習請擇一而做，或兩個都做：

★把某個你不喜歡的人變成一隻動物，不管是駱駝或毛毛蟲，隨便哪種動物都可以，並且詳細描述牠，再編個故事敘述這隻動物的遭遇。

★找出一個你認識的男孩和一個女孩，假想他們變成大人，並想像他們被迫和對方結婚，寫出他們日後過著什麼樣的生活，並寫出他們婚後第一個結婚紀念日晚餐上的談話內容。

好好享受寫作的樂趣！
要把作品保留起來喔。

第四章　有了！靈感來了！

其實要當作家並不一定要有很多點子，我就是一個活生生的例子。我的點子少得可憐，可是只要我一想到點子，就絕不放過它，馬上把它寫下來，即使當時正在忙別的事情，也會花一點時間思索這個新點子，並寫下我的想法。

各位或許有很多點子，甚至可能太多了些，真希望我有你們這種困擾。即使你的點子太多，但可以一次只處理一個或兩個構想，好啦，不然三個好了，但最多三個。重要的是，切忌變來變去，不要因為忽然又想到一個不錯的構思，急著換新而放棄原來的故事。你不妨把新構思記下來，加個一、兩段摘要，再回到你原先進行的故事。

我並沒有作家特有的蒐集點子方法，我想我的點子來自和各位一樣的來源：經驗。我的構思得自書本、電影、夢境、朋友及對話；各位的構思可能部分來自學校的作業，然而我敢說有時候點子似乎突然憑空冒出來，我也一樣。

我在淋浴時常會發想出最好的點子，因為那時我處在放鬆狀態下。當我做某些重複性的枯燥工作，尤其是體力方面的工作時，往往也會有點子浮現。如果我削上一百個馬鈴薯皮，削完時一定能想出好些個點子，其中一個可能是如何處置這麼多個削好的馬鈴薯！

放鬆、重複，還有律動，可以讓心靈自由飛翔。

但萬一你認為自己沒有半點靈感怎麼辦呢？

別擔心。

只要坐在椅子上，就這麼坐著，然後拿起紙筆，開始動筆寫，或者開始敲打電腦鍵盤，這樣就夠了。並不一定需要靈感想出點子才能寫。

那你要寫什麼呢？

呃，你可以寫：「我沒有靈感。」這很好。你也可以寫下要不是坐在桌前寫些無聊的蠢話時，你可以做的所有好玩的事；這也不錯。我曾寫過這種垃圾無數次；這裡有一小段文字，是從我的小說《最美的》（*Fairest*）筆記裡抽出來的信筆塗鴉：「這是個愚蠢的練習，以這種速度打字真痛苦，我的大拇指好痛。」

讓你的思緒自由發揮，把想到的全寫下來；你可以寫你為什麼喜歡寫作，也可以寫你此刻討厭寫作的原因；還可以寫你好朋友的狗，甚至你覺得你眼睛是什麼顏色。

你瞧，信筆寫下你的隨興想法，就能啟動你腦海深層的思維；你內心深處清楚你想寫故事、詩或戲劇，而不是無止盡的不知所云，所以終能開始寫作。這可能得花一點時間，你或許得一連數小時、幾天或幾星期都寫些言不及義的廢話，但你頭腦底層的意識最後終會發揮作用，開始傳送構思與靈感。

如此一來你便有了任務，必須運作你頭腦傳送的構想，選擇數個或一個點子展開工作。而潛藏在你腦海深處的聰明創意需要被感謝，你表示感謝的方式便是好好運用它傳送的點子，否則靈感便會再度休眠。

你可以藉著隨手塗鴉，挹注靈感泉源，雖然寫的是些言不及義的廢話，但也可能發展成故事的腳本；我就做過這種事，以下便是我在靈感枯竭時寫下的東西：

＊營地

＊新學校
＊逃避惡劣情勢
＊女校裡不受歡迎的女孩
＊一個想違反父母期望的女孩
＊過度保護孩子的家庭。替孩子挑選朋友。孩子卻被落選的孩子吸引。孩子自覺有義務聽父母的話。覺得生活很痛苦。略施小技瞞著父母。
＊編寫有關珍．奧斯汀（Jane Austen）的小說，內容著重於寫作。

對了，如果你喜歡這幾個構想，請多利用。

你可以列一張清單，註明你喜歡看的故事種類。你可以用一、兩個句子來敘述你喜歡的書。你也可以寫出撰寫一個類似故事的可能性，再敘述一下故事大綱。

或者你可以寫下人物的個性，好比卑劣、友善、愛說閒話、慷慨等，然後你再寫出如何運用這些個性特質來創造角色。

如果你寫出這樣的文句，寫作就能升級了，這時就不用把你寫的東西當垃圾，可以稱之為筆記了。

不過垃圾也有用的，我需要寫些垃圾，雖然我寫了不少筆記，但從沒停止寫垃圾。

寫作時間！

現在來試一下我先前說的，馬上寫下十二個新故事的構想，不要期待它們都很好，你需要的只是十二個構想，好的、壞的，或者隨便寫在筆記本上的都可以；如果你一下子想不出十二個，那就寫些垃圾或筆記，直到寫滿十二個為止。

好好享受寫作的樂趣！

要把作品保留起來喔。

第五章　全心投入

當你著手寫一個故事時，一開始只需全心投入故事——只有你，沒有別人。這時考慮吸引讀者還嫌太早，因此一再重寫故事起頭，想寫得更好只是白白浪費時間。如果你靈感乍現，寫出神來之筆的佳句，那很好，但如果沒有，也沒關係。當你完成整個故事，再回頭修改潤飾時，往往會改寫故事起頭。

即使你預先擬定整個故事的大綱，也清楚每段情節的發展，但故事起頭還是可能會有更動。等到你完成初稿，自然會知道該把什麼最重要且最引人入勝的部分擺在最開始。

我通常在故事起頭寫些我必須知道，但讀者並不需要知道的資訊，然而我並沒有覺察到這一點；以下例子是我的作品《仙子回來了》（*The Fairy's Return*）的初稿：

羅賓十五歲時，他的家人開始相信他變成了傻瓜；如果他們知道實情的話，絕對會把他當成百分之百的白癡。

真實的情況是——雖然麵包店老闆的兒子不該這麼癡心妄想，但他卻愛上了比鐸王國的女繼承人雲雀公主；而羅賓就連麵包店的繼承人都談不上，這個職位非他大哥奈特莫屬，羅賓甚至當不成麵包師傅的頭號助手，因為這職務屬於他的二哥麥特，將來有一天羅賓會成為麵包師傅的二號助手，但這根本稱不上什麼職務。

以上這段文字並未出現在最後的完稿，但我一開始必須寫下來，然後再刪掉。下面這段是《仙子回來了》完稿經過大幅修改的開頭：

從前有一個比鐸王國，有個麵包店老闆的兒子和公主墜入愛河，故事是這樣發生的——

麵包店老闆的兒子羅賓，坐在麵包貨車的後座前往比鐸城堡，他兩個哥哥奈特和麥特與父親傑克坐在駕駛座；傑克是個麵包師傅，也是個詩人。

我並不會事先擬好故事情節，所以有時最初寫的故事和結束時完全不同，甚至扯不上什麼關係。這種情況出現時，我原本的故事起頭逐漸偏離，在電腦裡轉向全然不同的方向和領域。

如果你很怕寫故事起頭，或就是不想寫，或者覺得很厭煩，那就乾脆跳過去別寫。假設你正在寫一個故事，關於一個女孩去銀行正好碰上有人搶銀行，如果你感興趣的是搶案本身，但又覺得有必要告訴讀者那女孩的身分，和她為什麼偏巧在那天去銀行，所以便開始介紹那女孩十五歲，那天要和她的表姊和姨媽去看電影，但先陪姨媽去銀行辦事。你交代這些情節時覺得很無趣，簡直快睡著了，幾乎寫不下去，這時該怎麼辦呢？

乾脆就此打住！直接寫搶案，告訴自己你稍後再看讀者需要知道主角和她的親戚哪些背景資料。結果或許變成搶案成了故事的開場，反正背景資料自然會適時補上，或許根本就不需要。

換個角度看，你可能覺得一開始寫女孩和她表姊及姨媽比較好發揮，想在搶案發生前讓讀者認識每個人物。這也可以，總之你覺得該從何處下筆就從那裡寫起，想寫什麼就寫，能寫下去就好。

別擔心故事的起頭怎麼寫。

寫作時間！

請依三個不同的點開始寫一個有關競爭的故事，主題可以是賽跑、划舟賽、太空船賽，或者棋賽、說故事比賽、戲劇試鏡等，任何競賽都可以。

第一個起點是，故事一開始便是競賽展開的時刻；寫一頁，然後停止。

第二個起點是，時間倒退到主角發現即將展開一項競賽時；寫一頁，然後停止。

第三個起點是，一開始便寫主角開始為競賽做準備；寫一頁，然後停止。

再看看哪一個故事開頭讓你最想繼續寫下去？為什麼？

選好之後接著繼續寫。

好好享受寫作的樂趣！

要把作品保留起來喔。

第六章　注意觀察

明天起每隔一小時便特別注意觀察你的感官知覺。

你聽見什麼了？

也許聽見你的狗朝開著的電視機狂吠；也許聽見你的老師在說話，仔細聽他的聲音，是低沉有磁性的，還是中等音調或清脆高亢的？

隨意聆聽周遭的噪音：樹枝敲打玻璃窗的聲響，搬家的聲音，還有偶爾傳來一、兩聲汽車喇叭聲。

把你聽到的寫下來，即使是最微小、最普通的聲音。如果你不能立刻寫下來，因為你的老師正在發期中考考卷，或者因為你正在刷牙，那就把它們記住，再儘快寫下來。如果你在刷牙，那稍後便寫下刷牙的聲音；不要因為聲響是你發出來的便忽略它。

你嘗到了什麼？

牙膏的味道如何？會嗆嗆辣辣的嗎？你喜歡嗎？我們本身的氣味比食物還

多；我們早上起床時可能口臭得要命，如果嘴裡破了，可能會嘗到血的味道。我有個壞毛病是愛嚼鉛筆頭，所以我知道鉛筆木頭的味道。

你可能不會每個小時都吃東西，所以就注意你下一餐的味道——不僅注意食物的味道，還有它的口感，是冷、熱、溼、乾、軟、硬等。試著吃些你討厭的食物，注意你討厭它的地方；再吃些你喜愛的食物，仔細注意它們在你口中的感覺，把它們全部寫下來。

你聞到了什麼？

氣味以全方位的方式被我們接收，那是景象和聲音無法辦到的。景象可以讓我憶起某段時光或某些地點，氣味能使我們被嗆到、打噴嚏甚至衝出房間透氣。我們家的狗傑可有次去池塘游泳，我一直忘不掉牠身上的水草味；還有令人愉快的氣味，譬如烤派的香味，比視覺的派更讓人覺得肚子餓了。

你聞到什麼氣味了嗎？

你或許沒聞到；人類的嗅覺並不很靈敏。如果你第一個小時內沒聞到什麼氣味，那就繼續努力，也許不久後會在某人的呼吸裡嗅到一絲大蒜味，或者附近的女人身上的香水味。還有你也許和我一樣住在鄉間，偶爾會聞到臭鼬的臭氣；把它們都寫下來。

你感覺到什麼？

不論你置身何處，摸摸身邊的東西。摸摸你穿的牛仔褲，那布料是軟是硬？如果你坐在書桌前，就摸一下桌面，它是暖的還是涼的？如果是木質桌面，是光滑還是粗糙的？如果是你學校的課桌，說不定跟我念書時學校的課桌一樣，桌面刻了文字或圖形，請用手去撫摸那刻痕。到水槽前打開水龍頭，伸手去摸水，水的感覺很難形容，不過你可以儘量嘗試，並試著寫一首有關水的感覺的詩。

你看見了什麼？

你是在光線明亮的地方，還是暗得幾乎看不見的地方？那光是黃色調的或白色的？要注意顏色和形狀。

你所看見的會對你產生情緒上的反應嗎？譬如看見最喜愛的衣服上沾了髒汙會懊惱，但看見朋友的臉會覺得開心。

如果你在一個熟悉的地方，試著看能否找出某個以前從未注意到的事物，然後再看能不能找到另一個新鮮事物，把它們寫下來。

人類的嗅覺或許不太靈敏，但視覺卻很敏銳，因此關於所見的事物應該能寫下很多。

好了，你都寫好了，已完成一整天的感官紀錄了。現在我要告訴你這麼做的原因：當你向讀者敘述你書中人物聽見、嘗到、聞到、摸到和看見什麼時，讀者也跟著體驗這一切，因此不由自主地被你故事的情節吸引。

以下這段文字摘自凱薩琳．帕特森（Katherine Paterson）的作品《孿生姊妹》（*Jacob Have I Loved*），閱讀這一段時，我似乎剎時化為書中的莎拉．露易絲．布雷蕭，置身於一片海岸溼地之中。

小時候我總愛踢掉鞋子，站在高及腰際的野草叢中，感受清涼的泥漿從我的腳趾縫間擠出來，悄悄歡迎第一個溫暖的春日。我小心地挑選地點，因為野草很利，會把皮膚劃破，此外水裡往往藏著捲曲的錫片、碎玻璃或破瓦片，以及還未被潮水磨平的貝殼碎片等。我的鼻孔裡瀰漫著淡淡的乾枯野草氣息，混雜著海灣一帶海水的鹽味，而早春的風吹得我的耳尖發冷，手臂上也爬滿了雞皮疙瘩。

寫作時間！

請用一隻小狗或小貓的觀點來寫作，這隻小動物才剛會看、會聽、會聞、會嘗和觸摸，卻什麼都不懂，也不懂任何事物的意義。牠此刻就和你在同一個房間，如果你喜歡，牠的媽媽和牠的兄弟姊妹也可以在一起。請形容牠的眼、耳、鼻、舌及腳掌告訴牠什麼訊息，牠是否明瞭這一切，或者牠誤解了其中某些訊息？

你形容過牠的最初體驗後，想像一下接下來發生了什麼，把這些編成故事，記得加一點感官知覺的資訊進去。

好好享受寫作的樂趣！

要把作品保留起來喔。

第二部　用心放膽

第七章　講究細節

細節能照亮你的小說世界。

想像你到廚房倒一杯水，就是現在，想像一下那情景。

杯子放在哪裡？答案便是細節；你是否需要站在什麼上面才能拿到杯子？那是什麼？答案便是細節；是什麼樣的杯子？什麼顏色？是玻璃杯、紙杯、還是塑膠杯？如果是玻璃杯，很重嗎？（如果你不確定上述問題的答案，那就去看一下找出答案。）答案就是細節。打開水龍頭，要等多久水才會變冷？你猜猜看，答案便是細節。你關上水龍頭時，水是否會滴一會兒？又是一個細節。

記得你在上一章做過的注意觀察，運用你的知覺。水流感覺比較強，是否因為水壓比較大？或者是否因為水壓較小而覺得水流較弱？水的聲音聽起來如何？你在水槽上方看見什麼？水槽裡又看見什麼？水槽內部是金屬或搪瓷的？水龍頭是鍍鉻的嗎？那層鉻很亮嗎？

有些細節是感官性的，有些不是；你此刻穿的是哪一種鞋子？答案便是細節；鞋子是新的還是舊的？如果你穿著襪子，襪子是什麼顏色？腳上的細節討論到這裡——你身體其他部位還穿戴了什麼？身上穿著T恤和短褲嗎？還是打扮整齊要去參加弟弟的高中畢業典禮？你最喜歡自己的外表哪一部分？最不喜歡的呢？這些答案全都是細節。

這一刻我正坐在電腦前面，兩手都戴著護腕套，因為打字過勞所以出現手腕痠痛的腕道症候群；我左手戴著結婚戒指，右手戴著十一歲生日時父母送我的戒指；我個子很小，自從十一歲生日以後幾乎沒長大多少，因此那枚戒指還算合戴。這些年來，我的中指漸漸把圓形的指環撐為橢圓形，因此再也拔不下來。戒指是金質的，上面刻了兩顆併攏的心，一顆朝上，一顆朝下，左側的心上面刻了大寫字母G，右側的心上刻著C，字母是手寫體，那個C寫得有點像L，我很高興，因為我娘家姓氏第一個字母是C，夫家姓氏第一個字母是L。

這些全都是細節。

寫作時間！

你的主角參與一項有關神奇物品的科學研究。她身上戴著麥克風及各種監測器，諸如心臟、肺、體溫、腦功能及任何你想得出來的監測儀器全接在她身上，一群科學家也在場，接著她被帶到一張桌子前，桌上有四樣神奇物品：

★一只能使佩戴者隱形的戒指。

★一個助聽器，戴上以後可以聽見地球上任何的聲音，不論多遠都聽得見。

★一片神奇餅乾，任何人吃了都會以每分鐘一英尺的速度長高。

★一杯神奇飲料，任何人喝了都會以每分鐘三英寸的速度縮小。

你的主角必須選一樣神奇物品佩戴或吃喝，然後透過麥克風告訴在場的科學家們她所經歷和發生的一切，不能忽略任何微小的細節；譬如她戴上戒指時，效果是否立刻出現，是一摸到戒指就馬上隱形，還是戴好之後才開始隱形？因此她可能會這麼說：「戒指有點大，戴在中指上太鬆，所以我戴在食指上，正套在我的指甲上，到目前為止我還沒什麼感覺。」不要漏掉任何細節。

如果你喜歡，等她向科學家們報告完畢後，可以描寫她藉著這些神奇物品展開的奇遇。

好好享受寫作的樂趣！

要把作品保留起來喔。

第八章　生動的細節

上一章談到喝一杯水的細節並不特別有趣——這件事本身真的不怎麼有意思；但如果我們看一個故事，主角是一個叫莎琳娜的女人，我們在閱讀的過程中逐漸關心並喜歡她。

後來她得了肺炎，發著高燒，虛弱而暈眩，二十四小時都要由護士照顧，但夜班護士很容易睡著，一睡著就很難叫醒。

莎琳娜半夜三點醒過來，口渴得要命，她伸手去拿床邊的水壺卻不小心打翻了，水灑了出來；她呼叫護士，但護士卻沒來，於是她決定自己去拿水，即使醫生囑咐她不可下床，也顧不得萬一摔下床可能會喪命。

這麼一來，去拿一杯水就變得比較引人興趣了，是吧?因為我們感受到莎琳娜的口渴。當她把手伸到水龍頭下方時，這個普通的動作變得生動了；我們彷彿置身故事裡，手摸到了水，如果她得爬上椅子去拿杯子，我們更是替她提心吊膽的。

這裡還有一個例子。比利要去上一所新的學校，他聽說這所學校的老師很嚴格。結果他去上學，故事的作者這麼寫：「到了放學時，比利領教了老師們都又凶又嚴苛。」

這兩句話並沒有告訴我們很多，是吧？又凶又嚴苛是個籠統的說法，毫無細節可言，正因為缺乏細節，所以我們無法融入故事情節。

假設作者有描寫細節，但卻是不相干的細節，好比寫的是班上的學生人數，校舍走道牆壁的顏色，教室課桌的形式，以及餐廳裡的菜色等。

這樣我們還是不會融入故事情節。

但如果作者這樣寫：「教室裡，潘史東老師正在點名，比利鄰座的女孩低聲的哼著歌，老師聽見了立刻把點名冊往她的桌上用力一甩，再湊到她臉前破口大罵了五分鐘。哇！比利想，這裡的老師真的是又凶又嚴苛！」

這下我們開始感興趣了，這些全是細節，而且是正確的，切中要點的細節。我喜歡潘史東老師湊到女學生臉前破口大罵那一段，雖然作者並沒有描寫這兩人的樣貌，但我可以想像他們當時的模樣。

那什麼才是正確的細節呢？

正確的細節會把讀者拉到故事情境裡，並化身為書中人物。如果我們置身故事某個緊張點，正確的細節會強化緊張壓力。上述細節告訴我們，在比利的學校，即使哼首歌也會惹得老師大發雷霆，因此我們開始替比利擔心，萬一他在什麼不恰當的時刻把手裡的鉛筆掉在地上怎麼辦？莎琳娜故事的細節讓我們感受到她非常口渴，更讓我們擔心她可能會拿不到水喝，或者會傷到她自己。

細節也能夠營造出一種氣氛，下面這段文字摘自《夜晚的大衛》，大衛的父親一星期之前去世了，他的繼母便把他送去孤兒院；以下便是大衛第一眼看到「希伯來男孩之家」的印象：

> 我們轉了一個彎，接著那所孤兒院便映入眼簾。我的目光往上移到一座又高又尖的塔樓，入口上方一共三層樓，看來活像一頂女巫帽。塔樓下方有座大鐘，大鐘兩側各有一座較小的尖塔。整幢建築的中央部分最高有四層樓，其餘只有三層樓，但每一層都很高。這幢建築根本不是給人住的，而是給女巫住的，還有很多空間放她們的尖頂帽。

尖塔和女巫帽可不怎麼討人喜歡，是吧？這種建築我可不想走進去，更何況是把它當成家了。

現在輪到你了。

寫作時間！

請自兩個題材中任選一個來發揮：

★肯恩很氣他的媽媽，所以逃家了。請寫一個故事敘述他如何逃家，及他逃家後的經歷，利用細節來強化緊張。有些情況可能會製造緊張，譬如偷溜出去沒被逮到，晚上走黑漆漆的夜路，碰到一個陌生人等。

★四個小孩受邀到他們的老師弗利斯女士家中吃午餐。請寫一個故事敘述他們用餐的情形，利用細節營造氣氛並展現老師的個性。老師的家舒適，令人賓至如歸嗎？還是很怪異，或是完全不同的風格？弗利斯女士午餐準備了哪些菜色？她有孩子嗎？有寵物嗎？有先生嗎？他們是什麼摸樣？

好好享受寫作的樂趣！

要把作品保留起來喔。

第九章　創造角色的助手

一個故事的情節大多取決於其中的人物與角色。就以《灰姑娘》為例，在這個童話故事裡，灰姑娘是個甜美善良的女孩，但假如她是個愛鬧彆扭又不樂於助人的人，那故事會有什麼樣的轉變呢？

或者她能力很差，想要幫繼母生的兩個姊姊打扮參加舞會，可是卻不小心撕壞了她們的舞衣，幫大姊用燙髮鉗捲髮鬈時燒焦了她的頭髮，幫二姊擦舞鞋時又用錯了鞋油顏色，這麼一來故事又會有什麼發展呢？

故事自然會大不相同，是吧？說不定灰姑娘去參加舞會時，粗心大意地好幾次踩到王子的腳趾，於是他不願再跟她共舞了。不過這也要依王子的個性而定，或許王子是個討厭完美無缺的人，可能會欣賞她的笨手笨腳呢。

在真實生活中，每個人的行事作風都略有不同；如果三個人過生日時都得到包裝好的禮物盒，他們的反應一定各異其趣，而各人的反應都反映出他們的個性。其中一個可能會剪斷包紮的絲帶，撕開包裝紙；另一個或許會仔細解開絲帶的結，再撕掉黏貼包裝紙的膠帶，接著小心地把包裝紙摺好，最後才打開禮物盒；第三個可能會擁抱送禮物的人，再把禮物放在一邊稍後再拆。

你以後送人禮物時請注意一下對方的反應，你生日時也觀察自己接受禮物的反應。

每個人穿衣打扮的作風也不同。你哥哥也許會把他每一件T恤都拿來套一下，最後卻穿上他昨天穿的那件；你妹妹也許會開開心心地穿上媽媽替她挑的衣服。

每個人甚至連刷牙和梳頭髮的方式都有點不一樣，其他的更是不勝枚舉。以下是一項創造角色個性的利器，可稱為個性問卷；你填寫這分問卷時，不必受限於此處所預留的空白，想寫多少就寫多少。

姓名：

綽號（如果有的話）：

種類（人類、動物、外星人、幻想或童話故事生物）：

年齡：

性別：
外觀：
職業（若有適合的）：
家庭成員：
寵物：
最好的朋友：
形容他／她的房間：
說話的方式：
肢體特色（姿勢、手勢、態度）：
他／她的口袋、背包或皮包裡裝的物品：
嗜好：
最喜愛的運動：
天分、才能或力量：
人際關係（他／她如何與別人相處）：
恐懼的事：

缺點：

優點：

他／她最想要什麼：

舉例來說，在「說話的方式」那一項，你寫的角色可能會被填上「總是說得有點大聲」，或許因為她的父親有點重聽。在「肢體特色」那一項，你的角色或許每回經過鏡子前面時，便會照鏡子檢視自己的外表，甚至行經深色玻璃窗前都會停下來看自己反映的身影。在「人際關係」那一項，你的角色可能會輕易配合朋友的要求，因為她討厭與人爭執。

在我開始寫一本書之前，有時會替某些主要角色填寫個性問卷，我在寫《魔法灰姑娘》時，便替查爾填問卷，我並不一定每一項都填，只填那些故事需要的部分。

然而我著手寫故事後，反而更常利用個性問卷；有時會碰上我不太清楚的角色，於是便藉著填問卷來加強對他的觀察。

我在寫《巴梅爾的兩個公主》（*The Two Princesses of Bamarre*）時，起初

無法掌握公主的父王——李奧納國王的性格，我把他設定為冷漠無能的人，但不太確定以何種方式表現。

當我填到「他口袋裡裝的物品」這一題時，答案立刻出現；我偷瞄一眼口袋，瞥見《平凡的真理》（*The Book of Homely Truths*），這本書裡寫的全是些看似深奧的蠢話，比方：「採取行動前後都要慎思。」或「衝動的人被欲望操控。」，以及「貧窮對窮人的意義甚於富人，財富對富人的意義甚於窮人。」

李奧納國王經常參考這本書，用它來阻擋他和別人實際的接觸。舉例來說，如果你是李奧納國王的女兒，你因為貓咪死了，哭泣著走向他，而他並不會把你抱進懷裡，陪你一起掉眼淚，儘管那也是他的貓，不會。他只會掏出那本《平凡的真理》，唸一段諺語給你聽。

我找到《平凡的真理》這個法寶後，描寫李奧納國王便易如反掌，輕鬆愉快。

我的公主故事系列第五集《為了比鐸王國》（*For Biddle's Sake*），若干角色個性問卷的摘要如下，第一段敘述是描寫朋比娜仙子的外表：

她的大臉紅咚咚的，一頭狂野凌亂的黑髮，胖嘟嘟的雙手總是沁著汗，棕色的大眼睛，笑起來嘴咧得寬寬的，肉肉的粉紅色翅膀，散發著彩虹的光芒，耳朵小得幾乎看不見，形狀卻和翅膀一樣。

第二段是形容亨弗瑞四世國王說話的方式：

他說話往往用吼的，音調越提越高，聲音更像在吐氣。

這類敘述其實對故事並無太大影響，但這些資訊對我而言卻很重要。現在假設你替你故事的主角填個性問卷，她是個女王，並且有看穿他人心思的超能力。你開始寫故事，並發展出臣子企圖推翻女王的情節，有幾個角色知道這陰謀，但她卻不能知道，於是她能看穿他人心思的特色便不再適合故事情節，所以你乾脆改掉，刪去先前提到她有超能力的部分。

你可以改變你的角色個性，雖然一開始你在個性問卷上做了些設定，但並不表示你非得一成不變。

寫作時間！

下次你要到一個陌生人很多的地方，好比餐館，商店或公車時，記得帶著記事本，然後挑一個陌生人仔細觀察；隨筆記下有關他的外貌、儀態、氣味（如果你聞得到）及說話方式等敘述。如果你當時無法做筆記，那就記在心裡，稍後一有空便把它寫下來；回到家後，再完成這個人的個性問卷。你大可以多加自由發揮，不過你創造出來的必須符合你的觀察。譬如這個人滿臉鬍渣子該刮個臉，或者一隻鞋子的鞋帶鬆了，你便可以猜出他的家裡八成亂七八糟。

請再挑兩個陌生人觀察並做筆記，然後把這三個人放在一個故事裡。

這裡還有一個練習：請創造三個角色；每個角色寫一頁，敘述他或她起床的情形，如何進行清早的例行動作，如何準備去工作、上學或外出等，再把他們放進一個故事裡。

好好享受寫作的樂趣！

要把作品保留起來喔。

第十章　讓主角受苦！

你為什麼會持續看一本書？

通常是為了想知道後來發生了什麼事？

那你為什麼會一本書看到一半就不看了？

原因可能很多，但通常是因為你不關心後來發生了什麼事。

那麼造成關心與不關心的差別在哪裡呢？

那就是作者的冷酷。

還有讀者的同情心。

我們不停往下翻著書頁，因為我們很擔心，擔心女主角遭到不幸（或者是她引發什麼不幸），我們想知道她是否安然度過難關；不幸的事可能只是好玩搞笑，也可能真的是嚴重的劫難，前者譬如她在萬聖節扮獅子時，獅子頭裝反了，後者或許是她最好的朋友可能喪生。

有一支炸雞的老廣告詞這麼說：「要強悍的人才做得出柔嫩的雞。」同樣的，要有冷酷無情的作者才寫得出好故事。

問題在於，有時我們不願主角遭遇不幸，因為我們喜歡她；我們不希望灰姑娘的繼姊太壞心，因為我們十分認同灰姑娘，她是主角，我們透過她的雙眼來看故事；就某一方面而言，我們就是灰姑娘，當然不希望自己遭遇不幸。

但你必須抑制這種善良的情感！要讓灰姑娘在替家人準備早餐時被火灼傷，讓她的繼姊摑她耳光，甚至讓她家的狗咬她。

這時你的讀者會迫不及待地翻著書頁往下看，熬夜趕著把書看完，甚至在學校上課時還把故事書放在腿上，不嫌麻煩地偷看。

我並不是說你的故事非得災難接二連三的發生，有時也要在安排事件或介紹一、兩個新角色時，穿插些平和的場景；你可以偶爾讓灰姑娘喘口氣，通常安排在兩個重大災難之間，但這種空檔不要太多，也不要持續太久。

舉例來說，我在《魔法灰姑娘》裡，安排愛拉在逃出精修學校後，和被食人魔抓到之前，以五頁的篇幅描寫她和小精靈們相處的和諧場景；但即使在愛拉休息的空檔，讀者還是知道她仍受到服從的詛咒。謹記一項規則：你的主角在故事結束之前，絕不能在任何時間點解決他的問題；他可以解決一個問題，但卻有另一個問題等著解決。

所以要冷酷無情一點，讓你的主角受苦受難！

而且要加倍冷酷；讓你的讀者喜歡你的主角，如此他／她在受苦時讀者也跟著受苦。如果小紅帽在去奶奶家的路上，虐待並弄死一窩小鳥，我們就不會喜歡她，可能也不太在乎她被大野狼吃掉了。如果我們發現老奶奶住的小屋是薑餅蓋的，而且專愛把不是她孫女的小女孩煮來吃掉，那我們也不會關心她了。

我們的主角不一定非得品格高尚，美德兼備才能贏得讀者的喜愛與同情；如果他太完美無缺，可能會淪於無趣；他可以有很多缺點，也可以做許多衝動莽撞的事把讀者逼瘋，但他卻不能邪惡，所做一切必須以善意為出發點。

主角也必須是脆弱會受傷害的；如果他是個刀槍不入的超級英雄，沒有什麼能傷得了他，那我們就不用替他擔心了。他至少要有一個會受傷害的弱點，即使是超人也會受到氪的危害。

此外你要給你的主角一個令讀者產生同感和共鳴的難題；在《魔法灰姑娘》這個故事裡，愛拉的問題是必須服從，別人叫她做什麼就做什麼。而我們所有人，即使是英國女王有時都得被迫做我們不想做的事；因此永遠要遵從別人的指示照辦真是太可怕了，我們已經開始擔心了。

但你還要更冷酷；一定要讓你的讀者清楚你的主角正在受苦，讓讀者深入主角的情感和心靈。告訴我們羅賓漢在遭遇悲慘事件時心裡想什麼，有什麼感覺，即使沒有發生慘事時也一樣。當我們了解羅賓漢的想法和情感，便能從原來的自我抽離，投入他體內化身為他，和他一同呼吸，一同嘆息。我們透過他的眼睛觀看，透過他的耳朵聆聽，思想和感情和他一致，於是我們置身故事之中，正如你所希望，因此我們絕不會停止閱讀故事。

寫作時間！

你要讓你的角色經歷人所能遭受最糟的情況；不論你是男孩或女孩，請以小紅帽的觀點來敘述被大野狼吃掉的感受；一定要告訴我們她看見大野狼尖利的爪子，還有牠咬下第一口時，心裡在想什麼；告訴我們她看見、聽見、聞見什麼，把我們帶到故事的現場。

我知道有兩種版本的《小紅帽》，一種是有個獵人殺了大野狼，把牠的肚子剖開，救出毫髮無傷的小紅帽和奶奶。另一個版本是小紅帽和奶奶被吃掉，故事就這麼結束了，沒有人來救她們。

這個練習你可以選任一個版本，但我希望你選第二個，如果你選這個版本，而且用第一人稱來寫，那麼小紅帽最後死了，你便以她的鬼魂或來世來敘述故事。

如果你選第一個版本，請詳細描寫她被大野狼吃進肚子裡的慘況，即使她後來逃過一劫保住性命。

所以讓小紅帽受苦吧，並且從中得到樂趣！

要把作品保留起來喔。

第十一章　對話

書裡出現的對話看起來很可愛。

如果只有敘述，文章的段落看起來常會比對話的段落長。大多數讀者（不論白癡或天才）看到一整頁擠滿三、四大段的敘述，都會失去興趣。我們或許沒有覺察到，但內心深處卻想：這一頁一定很難看完。

如果我們看到對話——短短的段落，許多空白——這時便會想：啊，這我應付得了，看來很有趣。

然而話又說回來，你的故事也不能全是對話，也需要敘述來帶動角色至不同場景，讓時間流逝，讓讀者看見行動展開。

你在寫對話時，要留意書頁上的空白，別讓角色說起話來長篇大論的；如果角色有許多話要說，就把話分成幾段，不論他跟誰說話，都要搭配問題來回答；或者藉著另一個角色做出肢體動作來中斷話語，要不就以一個小事件打斷長篇大論，譬如一陣冷風、樓梯上的聲響、陽光穿透雲層等。如果這些動作或事件與故事發展有關連，那當然最好。

以下的例子可以解說我上述意思，這段對話摘自派翠希亞．瑞莉．吉芙（**Patricia Reilly Giff**）的作品《莉莉的謊言》（*Lily's Crossing*）。

「我得告訴你……」波比睜大了眼，藍色的眼珠泛著淺灰的光澤，神情忽然嚴肅起來。

「狄倫夫婦離開底特律了，」她很快地說，「狄倫先生要去一家飛機製造廠擔任工頭，瑪格麗特說這是最高機密。」

波比笑笑說：「如果瑪格麗特知道了，沒多久就不是最高機密了。」

莉莉吞吞口水，看著他露出笑容。

他伸出手放在船槳上，接著說：「我也得去，我今晚是來告訴你的。」

她沒有看他，只問：「像狄倫夫婦那樣去工廠嗎？我們什麼時候動身？」

她注視著水面，從眼角餘光瞥見他搖搖頭。

「軍方需要工程師。」波比答。

對讀者來說，簡短的對話似乎很自然，但在真實生活中，人們有時會說上一大串話也沒有被打斷；然而閱讀時，長篇大論常顯得累贅且生硬。

以上這段對話中，任一角色開口說話或做任何動作，作者都會另起一段，即使莉莉吞口水都不例外的自成一段，這樣的分段讓一切一目了然。

冗長的段落看起來不自然，冗長的句子一樣不自然，冗長的字也是如此。

假設一個叫艾比姬兒的女孩，把學校失火的事告訴她的表姊妹布琳，你覺得以下的對話自然嗎？

「我在上語言藝術課時鼻子忽然覺察到一縷煙味，於是馬上起了疑心。」艾比姬兒說。

「那一定把你嚇壞了吧？你有沒有立刻驚覺到起因是火災？」

「沒有立刻想到，我們的教室位於科學實驗室附近，我最初的想法是認為煙味從實驗室那裡散發出來。」

「因為我有類似的經驗，所以同意你的看法。那你後來為什麼修正你的看法呢？」

" My first suspicion of trouble came during language arts when my nose detected a whiff of smoke," Abigail said.

"That whiff must have frightened you. Did you realize immediately that the cause was a fire?"

"Not immediately. Our classroom is located near the science laboratory, and so initially I thought that the smoke originated there."

"Since I've had similar experiences, I would have agreed with you. What caused you to revise your opinion?"

"I changed my mind when our principal, Ms. Montolio, began to address us over the PA system. I didn't think she'd trouble us simply because of a chemistry experiment."

「當我聽到校長孟特里歐女士透過播音系統，開始向全校師生宣布時才改變想法，我想她不會只因為一項科學實驗而驚動大家。」

這樣看起來很奇怪，是吧？或許電視上的記者和調查縱火案的警方人員會以這種方式對話，但兩個小孩子不會這樣咬文嚼字。你覺得換以下的說法如何：

「我在語言藝術教室聞到煙味，」艾比姬兒說，「不太濃，只是淡淡的。」

「真嚇人，你馬上就知道發生火災了嗎？」

「沒有耶，語言藝術教室就在科學實驗室隔壁，那裡總是飄著怪味。」

「那你是什麼時候才發現情況不對呢？」

「呃，我聽到校長孟特里歐女士在廣播，一聽到擴音器播出她的聲音，我就知道出事了；如果只是科學實驗她才不會大驚小怪呢。」

"I smelled somke in language arts," Abigail said. "Not much. Just a whiff."

"That must have been scary. Did you know right away it was a fire?"

"Uh-uh. Language arts is next door to the science lab. There are weird smells all the time."

"Tell me about it. When did you realize what was going on?"

"Well, Ms. Montolio's our principal. I knew something was wrong when her voice came out of the PA system. She wouldn't do that over a science experiment."

看到了嗎？第二個版本比較生活化且真實，對吧？這樣才更像人們對話的口氣。

我的電腦對以上兩個版本做出分析，分析資料如下：

版本一（英文原文）

共102字

共9句

平均每句11個字

最長的句子有19個字

平均每個字有5個字母

版本二（英文原文）

共84字

共13句

平均每句6個字

最長的句子有14個字

平均每個字有4個字母

因此第二個版本的字比較短也比較少，句子也短多了，不過句數卻比較多，看起來較輕鬆自然。

寫作時間！

請挑選以下一個或幾個題材，寫一段對話：

★凱西想向姊姊娜蒂亞借一件毛衣，但娜蒂亞不想借她。

★伊安指責朋友理查玩遊戲作弊（他們可玩任一種遊戲或運動），但理查否認作弊。

★珍妮告訴好朋友莎諾一個祕密，但莎諾不相信她。

★米蘭狄向老師朗森先生解釋，她為什麼沒交讀書報告。

記得要寫短的字和句子，並以另一角色發問、手勢或思緒等方式來打斷冗長的話，每當另一人說話、動作或想事情時，請另起一段。

好好享受寫作的樂趣吧！

要把作品保留起來喔。這裡記得要把你寫的保存在一個特別的地方，因為我們稍後還會再回到這個練習。

第十二章　回到開頭

在第五章「全心投入」中，我說過剛開始寫一個故事時，不要擔心能不能寫出一個好開頭，但你到頭來還是要處理這個問題。

你覺得下面哪一個開頭比較好？

那頭熊撲過來。

或是：

這是個可愛的早晨，空氣清新，野地上遍開著鬱金香，像一枝枝彩色的棒棒糖；一隻啄木鳥啄擊出春天的旋律，雲雀鳴著美妙的歌聲。

我覺得「那頭熊撲過來」比較好，這句話有動作，夠刺激。即使讀者不知道是誰面臨危險，但已開始擔心了。

另一段寫景的起頭雖然優美，但過於靜態，動作僅來自後面的啄木鳥和雲雀。

我想到一個法子，可以把這段敘述變成不錯的故事開頭；假設有艘太空船即將降落，把這片美景化為二十英里寬的大坑洞，這麼一來前面那段靜態的寫景就有其重要性了，因為讀者可以看到美景和橫遭破壞後的對比。

我們甚至可以加強刺激的程度，假設在最前面再加一句，把開頭改成：

占卜師發出警告後便離開鄉間。

這是個清新可愛的早晨，空氣溫和，野地上遍開著鬱金香，像一枝枝彩色的棒棒糖；一隻啄木鳥啄擊出春天的旋律，雲雀鳴著美妙的歌聲。

你覺得怎樣？我覺得讀者現在開始感興趣了，也有點擔心，他們想知道更多，於是繼續往下看。

你從書架上抽出五本你喜愛的書，翻閱每一本書的第一頁，看看作者用什麼方法吸引你全神貫注的看故事。

以下是我書架上的五本書，每本的開頭都令我無法抗拒：

「我的房間裡有座動物園。」——《房間裡的動物園》（*A Room with a Zoo*）朱爾斯．菲佛（Jules Feiffer）著。

一座動物園？有老虎嗎？於是我手不釋卷。

「是虛無把她驚醒了。」——《血腥祕密》（*Blood Secret*）凱瑟琳．拉斯基（Kathryn Lasky）著。

用虛無做開頭，虛無這字眼太吸引人了，我捨不得不看下去。

「班傑明．杭特十二歲的生日收到兩樣令他完全意想不到的東西：一個房間和一封信。」——《生日房間》（*The Birthday Room*）凱文．漢克斯

（Kevin Henkes）著。

我跟班傑明一樣意外，從沒有人給我一個房間，而且那封信裡寫些什麼呢？

「我從不曾把這事告訴過任何人，至少沒有完全說出去。」——《危險天空》（*Dangerous Skies*）蘇珊．費雪．史戴伯斯（Suzanne Fisher Staples）著。

誰能夠抗拒祕密呢？

「乾季剛開始的一天傍晚，就在晚餐前，兩位白人老太太來到我們村裡。」——《去與來》（*Go and Come Back*）瓊恩．艾伯勒（Joan Abelove）著。

我想知道說話的人是誰，敘述者把我拉進故事裡，我無法脫身。

你可以用行動、用祕密、用氣氛、用人物、用驚奇來做故事開頭。

寫作時間！

拿出你寫的故事，沒寫完也沒關係，把它再讀一遍。你用正確的起點做開頭嗎？還是你看到一個更好的起點？如果你在故事開頭必須先刪掉一些重要資訊，那麼稍後能再補充給讀者嗎？

如果找不到令你滿意的開頭，那可以再增加一個，不妨開一張清單列出各種可能。

當然，你最早寫好的開頭可能毫無道理，荒誕離奇；如果是這樣，那就別碰它。

當你完成整個故事時，再拿出兩個開頭，用它們再寫一個故事。

好好享受寫作的樂趣！

要把更正的版本保留起來喔。

第十三章　我在哪裡？

我在寫《魔法灰姑娘》時，故事一開始便把魔法和有魔力的人物帶進去，包括仙子露欣達和服從的天賦等，於是讀者馬上知道這是個神奇的童話故事，覺得很開心。如果我等到故事第十頁時才讓魔法發生，那讀者一定很意外。有時你可以先賣個關子不說，但必須小心處理；更常見的是讀者有點摸不著頭緒，說不定對作者失去信心，你可不希望發生這種事吧。

艾蘿絲．麥克羅（Eloise McGraw）著作的《荒野之子》（*The Moorchild*）一開始是這麼寫的：

村子裡最有智慧的女人老貝絲，第一個懷疑她女兒家裡的小嬰兒是個傳說中被偷換而留下來的小醜八怪。

我們一看到開頭的線索就知道這是個幻想的故事。

蘇珊．費雪．史戴伯斯的作品《風的女兒》（*Shabanu: Daughter of the Wind*）一開頭是這樣的：

普蘭和我舉步艱難地穿過多刺的灰駱駝荊棘，兩人頭上都頂著裝了半罐水的紅土瓦罐。

讀者一看就知道書中場景不是美國堪薩斯州。

即使是一個現代背景，沒有一絲幻想色彩的真實故事，你還是可以建立自己的世界，你的世界和任何人的都不相同，即便那人是你最好的朋友，儘管你們都住在同一個國家，可能還住在同一個城市。你們之間的差異或許微小，但依然存在。譬如你有兩個兄弟，而你的朋友是獨子；你在另一個國家出世，而你朋友一家三代都住在同一幢房子；你有個從沒告訴別人的祕密，或許你朋友也有個祕密，但卻是和你截然不同的祕密。所有這些因素都使你的世界獨一無二。

你角色的世界也是獨一無二的。

傑瑞．史賓尼利（Jerry Spinelli）寫的《小殺手》（*Wringer*）是本現代小說，內容是關於一個虛構城鎮的真實習俗，這地方藉著射殺鴿子籌措經費來維修保養公園；即使真有其事，你在寫故事時仍應儘早說明這種措施。

喂，等一下！你或許會想，我自己都不清楚角色的世界，要我怎麼介紹或說明他／她的世界呢？

沒關係。只要照你所希望的方式寫就好了。假設你正在寫一個科幻故事，寫到一半，你的主角傑夫必須跳到原子橇上，送藥到行星另一端的黑暗邊哨去，那裡四季都是嚴冬；你故意讓傑夫面臨重重難關，因此安排他的原子橇故障了，他在修理原子橇時，聽見附近傳來巨狼的號聲，巨狼是地球上狼的遠親，只不過牠體型極大如馬匹般壯碩，而且聰明狡黠幾乎不輸人類。

很刺激是吧？唯一的問題在此之前你從沒提過巨狼，如果你現在才開始形容，讀者一定覺得突兀而難以接受和想像。

解決之道是重回故事開頭，想個辦法把有關巨狼的部分加進去；也許可以提到傑夫最好的朋友肩膀上有處被巨狼抓傷的疤痕，你不妨一開始就向讀者展示這一點。

寫作時間！

想像一個新的宇宙，想像它和我們的宇宙有多大的不同。形容一下新宇宙的居民，那裡星球上的生活型態，描寫以下一個或多個點：用餐地點、教室、浴室、臥室、家庭假期等。以這個新宇宙為主題寫一個故事。

好好享受寫作的樂趣！

要把作品保留起來喔。

第十四章　我是誰？

你在讀一個故事或一本書時，是透過別人的眼睛來看事件，透過別人的耳朵聆聽，透過別人的手指來感受故事中的世界，也透過別人的鼻子嗅聞。

這個「別人」可能是書中某個角色，也可能是故事之外的敘述者，他是全知的，對於所發生的一切和角色們的想法無所不知。說故事的角度稱為「觀點」，當敘述者知道一切，觀點便是第三人稱的全知觀點，所謂「全知」便是無所不知；使用「第三人稱」是因為敘述者在提及書中所有角色時均以第三人稱為稱呼，如稱呼他們的名字，或以代名詞「他」、「她」或「他們」稱呼。

我在「公主故事」系列中都使用第三人稱全知觀點，我喜歡這個敘述觀點，因為覺得無所不知的力量極大，我可以隨時進入任何角色的內心，也可以告訴讀者任何地方所發生的一切事情，所以讀者能夠知道主角所不知道的事情。

下面是《蘇諾拉公主的長睡》（*Princess Sonora and the Long Sleep*）開頭

的一小段，這個故事是根據童話故事《睡美人》編寫的；一開始敘述者便全盤了解一個仙子、蘇諾拉嬰兒、亨弗瑞二世國王，及荷蜜妮二世王后的內心；故事開頭是仙子出場：

多不討人喜歡的嬰兒啊，仙子亞拉貝拉想，接著說：「我送給蘇諾拉的禮物是美貌。」

亞拉貝拉仙子揮舞魔法棒，蘇諾拉立刻變成一個漂亮又可愛的嬰兒；但蘇諾拉可不喜歡這種改變。

噢！身體在十秒鐘內變形，頭頂同時長出頭髮好痛喔，蘇諾拉哭著想。

比鐸王國的亨弗瑞二世國王也想：仙子為什麼要這麼做？他的長女是個可愛的胖娃娃——她原來的模樣就很好了。

這便是第三人稱全知觀點，這種觀點很有力量，但卻不如另一種第三人稱觀點那般，可以帶領讀者進入主角的內心世界。後者並非全知觀點，而是緊盯著某一個主角，只透露那個角色內心的想法，僅呈現該角色出現的場景。

下面引用《生日房間》第五十九頁的內容，來示範這種第三人稱觀點。我們之前已經提到，這個故事的第三人稱主角班恩，他的父母為他整修一個房間，當做他的生日禮物；以下這段文字出現在故事剛開始，也就是班恩第一次看見這個房間時：

班恩點點頭，他看得出爸媽對這個禮物有多滿意……

「哇！」他又誇了一聲，他不希望爸媽失望，他很愛爸媽，說不出有多愛。「真棒，太棒了！」

請注意，敘述者並非進入他父母的內心，再直接告訴讀者他們很滿意，而是透過班恩得知他父母很滿意，我們相信班恩的話，因為他是他們的兒子，當然了解他們。

以第三人稱觀點來說故事的缺點是，讀者只能知道男主角或女主角知道的事；舉例說，如果有人踮著腳尖上樓走向班恩的房間，我們只有在班恩發現之後才會知道。

第一人稱觀點和這種近焦的第三人稱觀點類似，第一人稱觀點故事的敘述者通常自稱「我」，他提到其他角色時均稱呼其名，或以代名詞「他」、「她」和「他們」稱呼。

到目前為止，我寫的較長篇小說都採用第一人稱觀點。我開始寫《魔法灰姑娘》時還是個小說新手，剛寫這故事時，我是用第三人稱近焦觀點，可是我的朋友一直挑剔愛拉對她所遭遇的事件反應不夠，比方她母親去世時，她似乎並沒有深刻的喪母之慟。

於是我改成第一人稱觀點，這對情況有幫助。當我寫「我」時，我就變成愛拉，我無法忽略她的感受，因為我寫的一切彷彿都發生在我身上。

當然，第一人稱觀點和第三人稱近焦觀點有相同的缺點，也就是讀者只知道主角知道的事；在《魔法灰姑娘》中，我設法改善了這缺點，發明了一本魔法書，那本書有時會顯示愛拉會遭遇某些事件，除此之外她無法透過任何途徑得知。

第一人稱和第三人稱觀點是最常見的敘事觀點，但第二人稱觀點也是可能的，我知道有一本書即是採用這種觀點——A・M・簡金斯（A. M. Jenkins）寫的青少年小說《破壞》（*Damage*）。敘述者以第二人稱觀點使用代名詞「你」，以下這本書的開頭：

它全是你的。你抬起雙手，張開手指，準備感受足球堅實的磨擦，把球一把搶過來，預備安全的達陣。

敘事觀點有一個令人驚異之處是，以不同觀點寫作的感覺也不相同。當我以第三人稱全知觀點寫作時，自覺和我的故事有點距離；如果以第一人稱觀點敘述，便覺得自己融入故事中，行動發生時我身歷其境，發生在主角身上的就如同發生在我身上一樣。

現在換你來試試。

寫作時間！

正值傍晚。一隻獅子從馬戲團逃出來，故事的角色包括馴獸師、警長、一個獨自在家的十二歲男孩或女孩，還有獅子。你可以增加角色進去，請以第三人稱全知觀點，寫一個獅子逃走又被抓回去的故事；記住你可以表達所有角色的思想和情感，當然也包括那隻獅子。

接下來，請寫一個有關綁架的故事，要寫兩個版本，受害人可以是小孩或大人，綁架者可以是任何人。

兩個版本都要以第一人稱觀點來敘述，第一個從受害人的觀點來寫，另一個從綁架者的觀點來寫。請記得你使用第一人稱觀點時，你只能了解主角的思想和情感，至於其他角色，你就必須受到限制，只能透過他們的言行得知相關資訊。故事可以任意轉變版本，只需順其自然的發展。

好好享受寫作的樂趣！

要把作品保留起來喔。

第十五章　聲音

任何文字都有聲音，從廣告文案到警示標語皆然。「禁止通行」換了一種口氣的說法是「別過來！就是你！」

以下是三本書的開頭，請注意每一本的寫法都各有不同。

這是K．L．葛英（K. L. Going）寫的《胖小孩統治世界》（*Fat Kid Rules the World*）的開頭：

我是個渾身是汗的胖小孩，站在地鐵月臺上瞪著鐵軌。

以下是金柏莉．威樂絲．荷特（Kimberly Willis Holt）寫的《人間有晴天》（*My Louisiana Sky*）的開頭：

賽特鎮的鎮民實在搞不懂，做父母的怎麼給女兒取名為虎娃呢？可是爸爸說那是為了愛的緣故。

以下是莎朗．克里奇（Sharon Creech）寫的《少女蘇菲的航海故事》（*The Wanderer*）的開頭：

那海，那海，那海，它翻騰，翻騰，呼喚著我；來吧，它說，來吧。

你是否發現這三種聲音有何不同？是怎樣的不同？請好好想幾分鐘。對我而言，葛英的寫法堅毅而直接，荷特的寫法坦率而充滿感情，克里奇的寫法重複，有韻律且具催眠特質。

請再找其他文字聲音的例子；比較一下你喜歡的幾本書，比較報紙，比較廣告；聆聽電影和電視上的對話並做比較；聲音到處都有，聲音就是一切。

如果我寫的是「聲音是無所不在的」，而不是「到處都有聲音」，其實意思一樣，只是換了說詞，但念起來的聲音卻不同，是吧？

你也有個人的寫作風格，請開始尋找你的特色；可以收集你寫的五、六種作品，最好的樣本是故事和詩，但如果你沒有足夠的這類文字，那電子郵件和學校報告也可以——只要不是拼字或數學測驗就好！

你讀讀這一段，再讀讀那一段，尋找段與段之間的相似處；你的句子是長是短？你注意到自己經常使用哪些字嗎？你的語調如何？你的文字是嚴肅、搞笑、有詩意或甚至傻氣？

你經常使用相同的敘事觀點嗎？你的敘述者是什麼模樣？一本正經？嘮叨多話？有話直說？或者每個故事的敘述者都不同？

你會使用許多字眼來描寫角色的思想和情感嗎？或者以行動為主？還是兩者兼具？

你常寫懸疑推理故事？幻想故事？歷史小說？還是背景是實際生活的現代故事？

提醒你一下，以上這些問題的答案並無所謂的對與錯。

我寫作時經常使用問題，這本書也不例外，我不時丟出一些問題給讀者；我計算過，我在這一段之前的五段裡提出十七個問題，這數量可真多！是吧？

你每個故事的聲音可能各有差異，有關地震的故事和火星探險任務的故事，筆調可能截然不同，而你寫的童話故事的筆調又和前兩者大異其趣。即使是同一個故事，你的文字聲音也會有變化，如果你選擇不同的敘述者，那聲音也會隨之轉變；在綁架故事裡，計畫綁架的場景和執行綁架的場景，聲音也會略微不同。

現在，如果你可以，請把你的作品和朋友的作品交換，這個朋友的判斷是你信任的，而他也不會侮辱或傷害你。請注意他的作品和你的有怎樣的差異，這差異令人驚嘆；接著拿你問自己作品的問題來問他的作品。

但不要問你的作品是否比他好，或他的作品是否比你好。

和你的朋友輪流練習；形容一下你對他文字聲音的感想，讓他知道你做出結論的根據，然後再由他告訴你他對自己作品的看法是否和你一致；仔細聆聽他的說法和例子，你們好好討論，慢慢來不用急。

現在再來聽聽朋友如何形容你的文字聲音，等到他說完了你再開口，別急著打岔解釋，要吸收接受，把一切存在腦中稍後再細細思考。

朋友所做的結論令你意外嗎？先不要馬上排斥或完全接受它，讓它沉澱幾天。如果你對他的結論感到疑惑不解，那就把你的作品給另一個朋友看，再問他是否贊同第一個朋友的看法。

你在寫新故事時，要注意你的文字聲音。

寫作時間！

這是個改變文字聲音的練習，以下主題至少選兩個來做：

★一次日落

★一幅油畫

★一餐

★一件戲服

★一朵花

★一座花園

★一項科學實驗

現在依下列方式來形容你選擇的主題：

★儘可能使用長的字和句子。

★儘可能用短的字句，可以使用幾個斷句，但不能只使用斷句。

★多多使用驚嘆號。

★多多提出問題。

★形容得愈仔細愈好，彷彿你向來自另一個銀河系的外星人解說，這個外來客雖然懂得語文，但卻相當缺乏地球經驗。

★把你的形容寫成廣告文句加以宣傳。

反覆閱讀你寫的形容，注意每一項形容間有多大的差異。

好好享受寫作的樂趣！

要把作品保留起來喔。

第十六章　從此以後幸福快樂——或者不是

就大多數的情況而言，故事結束時問題應該得到解決，不論是好是壞。

比方故事裡有個叫諾亞的男孩，他未經父親許可擅自拿了他最好的手錶，結果手錶卻不見了，諾亞也不知道是搞丟了還是被偷了。

如果這是個懸疑推理故事，當小偷的身分暴露，手錶找回來並放回父親的抽屜時，問題便告解決；而父親並不知道手錶被拿走，如果他發現真相的話一定會大發脾氣，因此增添了故事從頭到尾的緊張氣氛。

但如果故事的問題所在並不是手錶不見了，而是男孩與父親的關係，那麼即使找回手錶也並未解決問題，除非父子關係也同時改善而獲得解決。

以下是情節發展的可能之一：諾亞清楚手錶搞丟，再也找不回來了，於是向父親坦白認錯，父親非常生氣，諾亞忍不住說：「我知道我不該拿你的手錶，也知道你會處罰我，我想我應該受罰，可是你還會氣我好幾個星期——你總是這樣——我覺得這很不公平；你像我這麼大時難道從來沒有做錯事嗎？」

諾亞的話令父親驚訝；他想起自己以前闖禍後，母親總是氣得好幾天不跟他說話，於是他後悔不該如此，原諒了兒子，只輕輕處罰他。父子的關係因此變親密了，問題於是解決，故事到此結束。

話說回來，情況不見得會那麼順利；也許諾亞以前從沒告訴父親他的感覺，現在鼓起全部勇氣才敢說出來，然而父親的反應卻很不好，他認為兒子居然頂撞他，於是加倍懲罰他的叛逆。

諾亞這才明白無法和父親溝通，自覺像傻瓜似的向父親坦承一切，他發誓以後再也不犯這種錯誤了。

這麼一來問題解決了嗎？是的，諾亞重新了解他與父親的關係，並決定未來的做法。

然而問題有了圓滿的解決嗎？當然沒有。

通常主角都會因故事裡發生的事件而有所改變；想想你喜歡的書，我猜這些書裡的男女主角在故事結尾時，大概都有某種重要的成長。

所以不要擔心讓你的主角有所改變，要注意他們何時應該改變，這種審慎自然會融入你的作品。

角色成長通常是自然發生的。在上面第一個例子裡，諾亞因為父親同情的回應，以後可能會更加誠實，由於故事裡發生的事件使諾亞有所改變。可是第二個例子裡，諾亞的誠實並沒有得到回報，因此他可能變得更不願坦誠，他同樣也有所改變。

有時你剛開始寫故事時，就已經清楚故事要如何結束了；可能你一開始就想到故事的結尾，然後朝著那方向寫作，我很喜歡這種情形。

可惜這種情形並不常出現，通常我必須絞盡腦汁地解決結尾的問題。舉例來說，我寫《魔法灰姑娘》時，完全不知道要如何結尾；剛開始我想讓女主角愛拉的一個繼姊，和愛拉在結尾時扮演最重要的關鍵人物，可是這卻行不通，所以我很傷腦筋，甚至煩惱到想用一枚炸彈結束愛拉、夏蒙、海蒂、阿古倫等所有人（其實我寫許多故事時也面臨同樣的困境）！

但我當然不能這麼做，若真這麼寫那真是個爛透了的結尾，因為故事的結尾必須經由其中的角色及事件醞釀而產生。

所以讓主角從一場夢中醒過來，這並不是結束故事的好方法，因為夢是外來的，是故事之外的事件，更糟的是，這種結尾讓之前發生的一切變得毫不重要。

如果你不知道該怎麼結束一個故事，那就照我的方法去做：做筆記，設法構想不同的結尾，利用我在下一章「堅持到底！」建議的技巧去嘗試。

當問題解決時，故事便該結束了。你的主角危機結束後，讀者立即會厭倦主角接下來的平淡生活。

寫作時間！

以下是兩個結束故事的練習：

第一個練習是任選下列一個結尾來寫一個故事：

★他們有朝一日也許會重逢，也許不會，其實也無所謂，她揮手道別。

★我們握握手。

★我繼母和以前一樣壞心。

★故事結束在開始的起點，重回那幢農舍。

★法官敲下木槌宣判：「無罪！」

你的故事寫到終點時，結尾的句子可能不再適合情節，你可能需要一個新句子，那也沒關係。

你可儘量多選幾個結尾，重複練習。

第二個練習是選一個你沒完成的故事，看看主角必須解決什麼問題？

如果你不知道，那就思索問題可能是什麼，並列出一張各種可能的清單。等你決定問題所在時，再重新加強它及有待克服的障礙。這時你可能得刪掉原有故事某些不適合的部分，也可能得增加新的事件和情節。

現在你清楚問題所在了，然後列出五種解決方案，要大膽些，各種可能都列進去；如果這五種方案都行不通，那就再列五種。直到你找到喜歡的解決方案，便可以為你的故事收尾了。

好好享受寫作的樂趣！
要把作品保留起來喔。

第三部　深耕

第十七章　堅持到底！

有時我問孩子們為什麼不把故事寫完，他們回答我因為感到厭煩，或者想不出接下來要寫什麼，有些人便覺得氣餒而停筆，其實他們大可以繼續寫下去，成為未來的紐伯瑞文學獎或國家書卷獎的得主。

他們停止寫作是因為不明白這項真理：

根本就沒有完美的書或完美故事這種東西。

全世界每座圖書館裡的每一本書都有一些毛病，有的可能很微不足道，說不定只是某個小角色沒有刻畫得很好，也許只是一段敘述太冗長，也許只是某段對話太生硬，每一本都有某處缺點。

不論作者如何用心努力，總是無法達到完美的境界。

其實完美與否並不重要，沒有兩個讀者會對我們的書完不完美看法一致；

此外，讀者比較不在乎是否完美，他們更在乎的是情節環環相扣，被故事深深吸引，以及關心角色的遭遇。

當你開始寫故事，可能離完美境界十萬八千里，你自己也很清楚，真令人生氣又失望。

寫作令人迷惑，你知道怎麼閱讀，也知道喜歡看書或故事裡哪些部分，你知道怎麼寫，怎麼造句和段落，那為什麼不能以心目中的美好方式來敘述你的故事呢？

呃，你總不能期待自己第一次拿起喇叭就吹得完美無缺，更不可能才剛學會游泳就參加奧運代表隊。

寫作是一種技巧，寫得愈多，技巧也愈嫻熟；我期待自己不斷學習寫作直到死去為止。總有更多值得學習之處，這或許是身為作家最棒的一點。

挑戰總是接二連三的來，上一本書費盡九牛二虎之力才解決了問題，可是對於下一本書不見得能有一丁點助益。

一旦故事的構想萌芽，往往也是麻煩的開始。你有了很棒的構思，於是興致勃勃地開始寫作，但沒多久卻不了了之。這種情形是因為構想歸構想，付諸文字又是另外一回事，兩者是不同的，也永遠不會一樣。構想的作用是激勵我們，推動我們開始寫作。一旦開始寫，我們便須字斟句酌，用心鋪陳我們展開的故事情節。

所以如果有需要，儘管拋開構想，跟隨故事的腳步任其自由發展。

不幸的是我常搞不清楚故事的方向，往往困在某一點，想不出故事應朝哪個方向前進。所以我便告訴自己要寫下十二項選擇，要一直列到第十二項，即使第四項看來很棒。理由很明顯：第九項也許和第四項一樣好，這樣做決定時我就有兩個選擇了，說不定第十一項比其他的選項更好呢。

我告訴自己要把好的、無聊的選項都寫下來，我寫下無聊的，因為它們很大膽，聽起來有點瘋狂，但真是如此——每當我開始列清單時，那些愚蠢無聊的構想便不斷湧現，而那些可用的構想卻遲遲未現，它們很膽怯，想看看那些大膽的構想受到什麼待遇；當它們看見我很尊重那些蠢傢伙時，也跟著悄悄地露臉了，這時我同樣把它們記下來。

還有，不要太快評斷某些構想愚蠢或無聊，不妨讓它們在你心中盤桓，細細評估它們的潛力。

如果十二項選擇還是無濟於事，我便茫然瞪著電腦螢幕或筆記本許久，瞪得眼珠子都快掉出來，然後我會寫些垃圾，就像在第四章「有了！靈感來了！」提到的垃圾；我也許會寫：「我不知道坐在這裡幹什麼，還不如去擦腳趾甲油。」但有時候，經過長時間發呆之後的書寫動作，卻能使我重新啟動。

或者我會寫些阻礙我的困擾，有時我會想出法子化解，有時想不出，可是等我寫膩了這些垃圾時，就會回頭繼續寫故事，這時解決之道便會浮現。

我的最後一招得自傑出童書作家多莉絲．歐吉爾的建議；她提議把困境寫成問題，好比「魔法灰姑娘中的愛拉被食人魔抓走時，她該怎麼辦？」

我把這個問題寫在一張便條貼紙上，把它往辦公室的門上一貼，然後儘量忘掉這回事；在這同時，我的腦袋又恢復運作，三小時或三天後，答案自然浮現。

重要的是，答案一定會出現，不管怎樣，反正遲早總會出現。

寫作時間！

美蘭妮正在參加畢業典禮的路上，她的父母也同行，他們是快樂的一家人。她將在畢業典禮中領獎，第二天就要出發去喜愛的夏令營，她在那裡度過五個愉快的夏天；她有很多朋友，還有個男朋友，她和男友計畫整個夏天都要保持聯繫；她沒有任何問題。

請寫一個故事，並列出她可能遭遇的十二種災難；你寫故事時如果受到阻礙，請列出更多選擇，還要寫筆記，再把你受困的原因當成問題，相信自己可以解決問題；當你真的解決問題後，請繼續寫下去。

好好享受寫作的樂趣！

要把作品保留起來喔。

第十八章　手術室

修改書稿是寫作中我最喜愛的部分。我在寫初稿時就像個囚犯，被關在一間沒有門也沒有窗的鐵牢房裡，沒有任何事發生，我被困住了。我發現牆上的溼氣凝結成四、五顆水珠，每一顆都是個構想，我把它們刮下來，狂熱地寫著，直到把水珠用盡，然後等待更多溼氣凝成水珠。

但等我完成初稿時，牢房的牆便倒塌了，一陣薰風拂來，我不必再等待溼氣凝成水珠了；我只需要把書稿潤飾得更好，那可得花上不少時間。

我一再修改潤飾；我可能挪動某些場景，刪掉某些再增加某些場景，角色人物發展並改變。在寫《魔法灰姑娘》時，我把結尾一再重寫，寫了十二次才搞定。在《辛德芮莉和玻璃山丘》（*Cinderellis and the Glass Hill*）的初稿中，有三匹會說話的馬，然而在出版的故事書裡，牠們卻成了啞巴馬。《巴梅爾的兩個公主》在我潤稿後，法師萊斯從邪惡變成善良。

《巴梅爾的兩個公主》的開頭我起碼重寫了十億次，這當然有點誇大其詞啦。當我開始寫這本書時，我認為寫的是童話故事《十二個跳舞的公主》（*The Twelve Dancing Princesses*）的創新版，以下是早期的故事開頭：

費伯把我們變多幾倍，或許這要歸咎我們跳舞的鏡廳；不過我們並不是變成二十四個，而是六個，三個公主和三個王子。

總有一個軍人，費伯並沒有把他變多，他不能，這個人他辦不到。

我很喜歡這段開頭，但故事並未朝這個方向發展。以下是後來換過的開頭：

我是貝拉，公主的保姆，這是這個公主的故事，我略知一二，因為我也在場，其他的是我後來慢慢拼湊出來的。

這裡還有一段開頭：

當布倫愚昧地死去時，我正在艾爾卓國王的軍隊裡奮戰，為艾爾卓和巴馬戰鬥，殺死與我無冤無仇，從未傷害過我的男人和男孩。

以下是《巴梅爾的兩個公主》真正的開頭：

遙遠荒野之外
一片蠻荒之域
猛獸怪物匿蹤
德朗青年率領
一批烏合之眾
他臂彎輕懷抱
小國王布魯斯
巴梅爾第一王
德朗乃巴梅爾
史詩最大英雄

開拓王國理想

之前若干開頭或許寫得比這段真正的開頭要好，但它們並不能給我的故事一個合適的起點，所以我不得不更換。我並沒有立刻擬出故事的大綱，因此一再修改，情節才逐漸成形。

你有時會寫出好些段出奇優美的文字，你一定會！可能你已經寫出來了；你恨不得把這些得意佳句刻在額頭上，好讓大家都看得到。

可是你會發現這些佳句並不能幫助你敘述故事。千萬、千萬、千萬、千萬、千萬，不要扭曲你的故事來牽就那些漂亮的文字。

修稿和刪稿需要勇氣和自信；你必須相信你還是可以寫出同樣的佳作，你的確會，這是毫無疑問的。而你後來寫的優美文句可能也得潤飾或刪除，但其中一部分還是會符合故事所需；謝天謝地！

我也會把所寫的作品全部保留，因此我每本書或短篇故事的電腦檔案裡，都存有名為「附加」的資料檔，專門存放那些無與倫比卻派不上用場的文章；「附加」檔是我的寶藏礦脈，可供我挖掘開採，傳記作家以後也可來挖寶！

我寫初稿或修改書稿時有一套辦法，也就是當故事向前進行時，雖不太確定未來的方向，但又不願意喪失已寫好的部分，於是在電腦儲存舊版本，比方說「第一版」，然後再存「第二版」。書稿修改過後繼續寫，如果一切進行順利，就不需要舊版本，但如果新版本失敗，也不致於兩頭落空；等到我寫完並修改好一本書時，可能已經累積到「第五十版」了！

若以書寫方式進行潤稿時，要小心不要把舊版本擦掉，也不要畫掉舊稿，更不可把舊的稿紙扔掉，只需畫箭頭做記號，標明改在新稿紙上，再註明版本編號，繼續寫下去；等到全部完成時，再把不要的部分裁掉，另外保存。

我的書通常都太冗長了。我開始刪稿時，往往發現一大堆多餘的字句和段落，即使把它們全刪掉對整個故事也毫無影響。在《最美的》一書中，我想讓讀者知道艾薇不是個好女王，於是列舉一大堆她治國無方的例子，我的編輯看了兩、三個例子後便說：「夠了！我們已經懂了。」所以我便刪掉幾個不必要的例子，整本書於是更流暢了，步調加快，情節也一路順利進展。

所以你也能從修改書稿裡有所學習，你會更加了解自己的風格和——缺失。

當你完成故事的初稿時，不要急著馬上重看一遍；先放在一旁，如果可以的話等幾個星期後再看，如果不行起碼也等一天後再看。

你不可能馬上就很客觀地審視初稿；如果你跟我一樣，會很喜歡初稿，這麼一來就看不出需要修改之處了；也許你很不喜歡初稿，就像我情緒低落時那樣，但這兩種反應都不可靠。

一旦延後重看初稿的時間，產生距離以後，你才可以真正看清到底寫了些什麼，經過等待後修改的書稿會比較好。

我必須補充一點：如果你真的蔑視修訂書稿，別讓你的反感阻撓你而停止寫作。即使你從不改稿，但只要不停寫作就會愈來愈進步。但如果你認真想從事寫作，就要知道總有一天還是得面對改稿這樁苦差事。

重寫時間！

選一個你寫的故事，重頭看一遍，同時進行修改潤飾；你或許會刪掉一些枝節，但切記不要刪去任何重要的構想。你可能會發現需要增加一、兩段文字或事件，譬如若你不確定為什麼某個角色會有某種特殊的行為及表現，或者你無法就字面想像出那種行為，那可能就要擴充故事的內容。

需要刪減時，要以懷疑的眼光來審視那些形容詞和副詞，試著刪掉那些字眼，看是否沒有它們也行；反覆重讀那些句子後再決定。有些形容詞和副詞是必要的，但有些只是多佔空間，刪掉之後你的文章會更有力。

現在重讀一遍你的故事，你覺得如何？

好好享受寫作的樂趣！

要把你修改的作品保留起來喔。

第十九章　作家團體和其他助力

作家有兩種，一種是邊寫邊把作品給人閱讀評鑑，另一種是在全部完成之前絕不給任何人看一字一句；我屬於第一種。我儘可能評估自己的作品，但也需要外來的協助。我要確定自己確實表達出我要的效果，我覺得這一段很有趣，但真的有趣嗎？我安排的驚奇果真令人驚奇嗎？我該如何敲定故事結局？

你可以組織一個作家團體，但也不一定非要；如果你是個獨立作業的作家，你該繼續以你覺得最輕鬆愜意的方式寫作。如果你組織團體，那人數可能會多達七個，至少兩個。組織成員可能是朋友或親人，年齡不拘。

如果沒法組成團體，你也可以把作品給信任的朋友、老師和親人看。

目前我的作家團體（並非我指導孩子們的寫作班）只有兩個成員，我和傑出的青少年小說作家瓊恩．艾伯勒；瓊恩給我的助力非常大。

每個作家團體的運作方式都不盡相同；瓊恩和我以電子郵件把作品依序寄給對方，再把它們列印出來，在稿紙上附註評語；等我們聚會時，再將評語看一遍以確定清楚無誤。

有些團體成員聚會時，會互相朗讀一章或一段文章，接著大家提出評語，或者當場分發需要幫忙及意見的作品以供評估。

我在一九八七年開始寫作，當時我還不認識瓊恩，於是和幾位初學寫作的同好組成作家團體；那時我們懂得不多，但竭盡所能互相幫助。我們或許不是經驗豐富的作家，卻是閱歷豐富的讀者；我們知道喜歡什麼，如果故事哪一部分出了問題，我們會提供意見找出原因。

批評不見得都有幫助，即使到現在，瓊恩的批評有時也幫不上忙。現在我已經比較會分辨哪些批評有用，哪些沒用。若是以前，只要是別人的建議我一定採納，如果有助益，我就接受，否則我就淘汰，不論如何，我都能學到東西。

以下還有一項忠告，不但適用於作家組織成員，也適用於尋求他人批評指教的作家：如果有人說你的作品很糟糕，或者你根本不適合寫作，那你可千萬不要再把你珍貴的作品拿給這種人看了，因為他們不配，你要把這些不友善的批評忘得一乾二淨。

如果這個人是你們團體裡的成員，你和其他成員一定要跟他（她）表明，當他惡意批評某個作家的作品時，你們都要保護被批評的人，告訴他他的作品並不差勁，並且要告誡批評者，他的評語必須有建設性，否則就退出團體，你們要說到做到。

我的好友瓊恩的批評一向有建設性，但即使我和她相識多年，即使她欣賞我的作品，但她把想法告訴我時我還是會緊張。有時我會搶在她前面先評論她的作品，因為我想儘量拖延那個恐怖的時刻。

有好的方式接受別人的批評，也有不好的方式。好的方式是專心聆聽，不發一言，你是在接受批評，要用心記住評語才能仔細思索——不論當場或事後。還要做筆記，這樣才能確保不忘記。千萬不要覺得批評你的人完全誤解了你，根本是個白癡；給批評一個機會。

當你重讀你的故事時，回想一下別人的批評，並加以測試看批評是否有用。

而不好的方式是在受到批評時一直爭辯或解釋。如果你這樣回應，那提出批評的人可能會說：「喔，好吧。」對方不會跟你爭論，你便覺得替自己爭回一口氣，但卻失去了批評者忠告的價值，他下回可能就不願再提供意見了；畢竟若換了是你，你會嗎？

有時即使你確定批評是錯誤的，但也不要表示反對，還是要用心聽，因為對方想幫助你，保持禮貌是必要的。

當你再次閱讀故事，仔細思索別人的批評時，也許會覺得不太明白他們的意思，這時就要開口說話了，請你打電話給對方，或等到你們見面時直接問他；由於你已經有充分時間消化別人對你的批評，所以現在可以好好討論一番；你告訴對方你不清楚困擾他的地方何在，他一定樂於向你說明。

若作家團體有三名以上的成員，將有助於看出有特別反應的是否不只一人；如果只有一個人看出某個問題，或許根本不算問題；但如果兩、三個人都覺得有問題，那就必須慎重以對了。如果團體只有兩名成員，你可以把有問題的部分請第三個人看，再問他是否認同你受到的批評。

輪到你提出批評時，要誠實發表意見。如果你不喜歡對方作品，不必假裝那是佳作；相反的，如果你討厭某人的作品，也不要直言無諱，只要指出故事的問題在哪裡即可；先提你欣賞的部分，再轉到問題所在。

你的批評要針對重點，故事的主體部分，而不是拼字、文法和標點符號等細節。是否某個角色做了某些不合邏輯的事？還是有不合乎個性的舉動？舉例來說，一個刻薄的角色忽然毫無解釋地變和善了？

還是場景突然轉移到某個新地點，但你卻不明白故事情節怎麼帶過去的？故事是否只透露看見的事，而從沒透露聽見、聞到或摸到的事？是否有段情節拖得太長令你不耐煩？還是主角太輕易便擺脫困境？

重要的問題還不只這些，每個故事都會提出新的問題。正如反覆練習可以加強寫作技巧，同樣的也可加強批評技巧。

過去我曾花了九年時間才出版一本書，這段期間我的書被無數家出版社拒絕，是作家團體陪我熬過這段艱困時期。我的夥伴便是我的聽眾，他們不斷鼓勵我，我向他們訴苦被退稿的經驗，他們也把退稿經驗告訴我，大家互相安慰覺得好過多了。我在他們的協助下提升了寫作技巧，他們的讚美讓我知道自己是個有進步的作家。

我在寫作班裡發現，我喜歡在團體裡寫作；我在聚會上課之前先擬好習題（許多同學我都在這本書裡提到），然後大家一起做練習；想不到我在團體裡寫作，比獨自在家裡寫作還愜意。

我所謂的團體寫作，並不是一起合作，每個人想不同的字句集體完成一個故事，而是各寫各的故事，大家互相作伴而已。

如果你嘗試團體寫作，最好找個計時者可能會有幫助，也就是選個人負責計時你要寫多長的時間。我們在寫作班通常約以二十分鐘為一段寫作時間。

此外最好還要選一個人來督促大家。有時候大家寫著寫著，忽然有人開口問：「我有個角色有一隻猴子，我該為他取什麼名字？」這時眾人便開始想一大堆名字，還閒聊起來，說什麼取合適的名字有多重要，東拉西扯了十分鐘，沒人寫了半個字；這時候就由我這個負責人出面，提醒大家趕快安靜繼續寫作。

你也需要像我這樣的人，一個維持秩序的老大。

寫作時間！

J．R．R．托爾金（J.R.R. Tolkien）在他的《魔戒三部曲》（*The Lold of Rings*）裡發明了一個字「mathom」，這個字意指你不想要但又不捨得送人或丟掉的東西。你有「mathom」嗎？大部分的人都有，這是一個很棒的字，英文需要這種字。

現在你也要發明一個字，如果喜歡，你寫作團體裡的人也可以自己發明字眼。

首先你需要一個概念，那是就你所知目前尚未有字眼代表的概念；你不妨花幾天時間，在日常生活中搜尋這個概念。舉例來說，我先生認為應該有一個字來形容「渴得要死」這種感覺，就像「starving」形容「餓得要死」的感覺。

你想到概念時，就把它寫下來，看能不能發明一個字來代表它。我做這個練習時，想到的概念是「有一個很棒的靈感，卻還來不及寫下就忘記了」，後來我發明了一個字來代表它：lethescriptosis。

你發明了一個字以後，請開始在故事對話中使用它，如果有人問起那個字的意思，你就惡作劇似的給它下定義，但不要告訴別人這是你發明的字，然後看看這個字是否會廣為流傳。

好好享受寫作的樂趣！

要把作品保留起來喔。

第四部 繼續深入

第二十章　展現與逑說

作家常被忠告要「展現」而不要「逑說」。

但你需要兩者兼具。

當你「展現」時，你把動作放慢到爬行。你在故事中想像那一刻，詳細記載每個重要事件，清楚刻畫每個細節，包括對話和角色各種觀點的想法、感受和知覺，也就是我在第六章「注意觀察」裡提到的事項。

當你「逑說」時，你在總結行動。你並不會停下來敘逑細節、對話、想法、感受和知覺；你在逑說時事件猶如飛逝而過。

傳統的童話故事往往是「逑說」的好例子，以下是安德魯．藍恩（Andrew Lang）編輯的《藍色童話》（*The Blue Fairy Book*）裡〈森林中的睡美人〉（The Sleeping Beauty in the Wood）的節錄：

從前有一個國王和王后，他們因為沒有孩子而非常傷心，傷心得無法表達，難以言喻。他們走遍世界各處湖泊河海、祈福、朝聖，試盡一切方法，但卻徒勞無功。

皇天不負苦心人，最後王后終於有了個女兒，他們舉行盛大的受洗典禮，並從全國各地找來七位仙子擔任小公主的教母，根據仙子的習俗，每一位教母都要送小公主一樣禮物。

第一段涵蓋了許多年；我們並沒有看到國王和王后因為膝下無子女而悲傷哭泣，也沒有陪著他們到各地朝聖，更不曾聽到他們祈福的禱言。

第二段並沒有涵蓋許多時間，但仍只是述說，我們並沒有目睹受洗大典，也沒有看見那幾位仙子。

至於「展現」的例子則摘自我的作品《夜晚的大衛》。大衛剛抵達孤兒院，他的監護人梅耳澤先生帶他去見孤兒院院長布魯姆先生：

> 布魯姆先生非常龐大，他的頭和厚實的胸膛占據辦公桌上方，一如「希伯來男孩之家」占據著百老匯。他推開椅子站起來，走過來時身軀擦過牆壁，

接著繞到我站的另一側，彎下身來，目光透過厚厚的鏡片打量著我，然後笑起來，露出滿嘴的牙齒，活像有幾百顆。

他抬起頭注視梅耳澤先生，他正抵著門站著以防我逃走，隨後他開口問：

「他叫什麼名字？」

他可以問我啊，難道他以為我不知道自己的名字嗎？

這段文字使我們有如親臨布魯姆先生的辦公室，我們看到了他，也聽到他說話，還瞭解了大衛的想法；這就是「展現」。

這兩者之間另一個差異是，前述童話故事那兩段是匿名的敘述者以第三人稱觀點寫的，而《夜晚的大衛》是大衛本人以第一人稱觀點寫的。然而「展現」與「述說」以何種敘述者說故事，其實無關緊要；匿名的敘述者也可以用展現手法，而第一人稱敘述者同樣可以用述說手法。

「述說」就像坐飛機在窗前向下俯看，世界在我們腳下瞬間飛逝，只有最大的地標才能抓住我們的視線，譬如河流、山嶽或一片郊區，但我們卻看不見河裡的船隻，看不見山上的熊，也看不見郊區某處住家後院裡的小男孩。

而「展現」就像置身地面，我們清楚看見船隻，看得出船隻原本漆成紅色，但油漆大部分已剝落，我們還看得見划船者手臂上隆起的肌肉，以及乘客從冷藏箱裡拿出罐裝汽水，甚至看得見汽水罐上凝結的水珠；然而我們卻看不見整條河流，也看不見河流下一個彎道的快艇，雖然或許聽得見快艇激起的嘩嘩水聲。

你想知道的是作家的視野，所以你可以放大或縮小，放大即是展現，縮小是述說。在《夜晚的大衛》的例子中，我可以放大視野倍率，詳述布魯姆先生是禿頭或有一頭濃密的紅髮；也可以描寫梅耳澤先生雙手的動作，是插在口袋裡還是交疊在胸前；我也可以形容大衛離布魯姆先生的辦公桌有多近，還有他是否咬著嘴唇等等。

事實上我可以詳述多至數十項的細節，譬如布魯姆先生的衣領太緊，勒得脖子似乎快磨破皮了。我還可以提到梅耳澤先生棕色的軟呢外套扣錯扣子了，諸如此類的細節，但如果我寫得太多太瑣碎，讀者可能會看得打瞌睡。

所以你該如何弄清什麼該加進去，什麼要捨棄呢？你怎麼知道怎樣的倍率才是恰到好處？

大致說來，你想藉著鋪陳細節來彰顯角色個性，或推動情節發展，或建構背景，營造氣氛。在同一時間，最好的多樣細節比單一細節效果來得好。

我們寫作時通常會混合展現與述說，這裡略事述說，那裡略為展現；往往兩者緊密結合，幾乎難以分開。以下是《魔法灰姑娘》的開頭，我把「展現」部分畫線表現，以便區分：

其實露欣達那個笨仙女並沒有詛咒我的意思，她本來想賜我一份禮物。可是我一出生，就哭了整整一個小時，我的淚水給她靈感。那仙女無比同情地對媽媽搖搖頭，然後碰一下我的鼻子。「我給愛拉的禮物是聽話。愛拉永遠都會聽從命令。孩子，不要哭了。」

我不哭了。

爸爸仍然如往常一樣，隻身在外地做生意，不過我們的廚子曼蒂倒是在場。她和媽媽嚇壞了，可是無論她們怎麼跟露欣達解釋，也無法讓她了解她替我招惹的是什麼可怕的禍事。我可以想像得出這番爭論的場面：曼蒂的雀斑比平常更明顯、更突出了，滿頭鬈曲灰髮凌亂不堪，雙下巴氣得不住抖動，媽媽

> 躺在那兒一動不動，心情卻是急切不已，她那棕色得鬈髮早已因為陣痛而汗溼，眼裡所有得笑意都不見了。

但如果我全部以展現的手法來寫第一段，那我可能會這麼寫：

露欣達皺眉看著在媽媽臂彎裡大哭的我，接著後退一步用戴著手套的雙手摀住耳朵，一邊同情的搖著頭注視媽媽說：「這孩子怎麼哭個不停啊？」然後又走上前來摸摸我的鼻子說：「我的禮物是服從，愛拉會永遠服從。現在別哭了，孩子。」

在這個新版本裡我們獲得了別的資訊，也就是愛拉躺在媽媽臂彎裡，而露欣達戴著手套，但卻少了露欣達是傻瓜，那禮物是詛咒的評斷。

「述說」還有一項特質：它直接下結論。如果是「展現」手法，我們常會隨著作家的意願及引導獲得結論，但仍得自己去下結論。

我們再看一下《夜晚的大衛》這一段：

布魯姆先生非常龐大，他的頭和厚實的胸膛占據辦公桌上方，一如「希伯來男孩之家」占據百老匯一樣。他推開椅子站起來，走過來時身軀擦過牆壁，接著繞到我站的另一側，彎下身來，透過厚厚的鏡片打量著我，然後笑起來，露出滿嘴的牙，活像有幾百顆。

他抬起頭注視梅耳澤先生，他正抵著門站著以防我逃走。隨後他開口問：「他叫什麼名字？」

他可以問我啊，難道他以為我不知道自己的名字嗎？

我並沒有告訴讀者我對布魯姆先生的看法，但也沒有讓他們錯過結論；我以充分的證據讓讀者明瞭而下結論：布魯姆先生並不尊重小孩。

如果我沒有直接告訴讀者露欣達是個傻瓜，雖然可以用描寫布魯姆先生一樣的「展現」手法，讓讀者明瞭這一點，但卻得花更多的文句和篇幅。

直接述說雖較快速，但展現卻讓讀者更融入故事情節。通常小說會採用較多「展現」手法，寓言故事會用較多的「述說」手法。展現或述說何者較佳？小說或寓言何者更勝一籌？

其實兩者各有各的好。

找一本你喜愛的書，翻開來讀一頁，內容是述說或展現，還是兩者兼具？哪一部分是述說，哪一部分是展現？

寫作時間！

請你以「展現」手法描寫自己做些日常生活的瑣事，譬如：

我正在刷牙，雖然現在是中午，而我什麼東西也沒吃。我從馬克杯裡拿起灰白兩色的牙刷，很小心的以免拿到我先生的（我不小心拿錯過幾次，滿噁心的錯誤。）

牙刷的刷毛是彩色的，真不曉得製造商為什麼要做這種刷毛。我拿起也放在杯子裡的牙膏，扭開蓋子，訝異地發現得轉好多圈才扭得開。

牙膏快用完了，我用力擠壓底部，指尖下擠出一小截牙膏。

諸如此類的寫下去。

現在換你來寫。請描寫你早上起床，或穿衣服，吃午餐或搭公車上學等經過。不論你選哪一個題材，請至少寫上一頁，寫到最後一行時不必完成描述。

我在寫刷牙的情形時，不能只坐在電腦前想像刷牙的過程，不行，我必須真的去刷牙才能涵蓋所有細節。所以你可能也得真的去執行你選的活動。

這項習題很適合練習把你腦袋裡的負面雜音關掉。我不能靠著描述如何刷牙而寫出偉大的文學作品，或許有人能夠，但我不能，可是我並不擔心。

你也用不著擔心，這不過是個習題，只是練習而已。

我試著把所有的作品都視為練習，以改善我的寫作技巧，再讓別人來決定那是不是文學著作。

做這種練習其實和寫更重要的作品並沒太大差別，所謂更重要的作品是可能變成文學著作的小說。許多作品都是辛勤努力的創作，平凡單調甚至瑣碎的。但如果你能描寫如何製作三明治，也可以形容如何在麵包上塗抹特殊的芥末醬，吃了這種芥末醬的人就聽得懂動物的語言。你可以形容那種芥末醬的口感，也許它特別有顆粒感，也許有點油，也許沾了它的刀子很難洗得乾淨。

你明白了嗎？光是一頓午餐就可以變出魔法。

下一個練習是想一個正派的好人，再想一個不好的人，替他們命名，想像他們一起被囚禁在童話故事的城堡地牢裡。

運用展現手法描述發生的事件，別告訴讀者哪個是好人，哪個不是好人，而要以文字表現壞人壞在哪裡，好人好在哪裡。

他們兩人活著逃出地牢了嗎？兩個都脫逃了嗎？還是都沒逃出去？

展現給我們看吧！

好好享受寫作的樂趣！

要把作品保留起來喔。

第二十一章　神奇字眼

「說」是個神奇的字眼，或許很乏味，但依然神奇，因為它會隱形，變得視而不見。

我現在要告訴你的，可能和你老師告訴你的有點出入；你的老師也許會要求你用許多和「說」意思接近的變化字，而不要重複使用同一個字，理由可能是老師希望你變換字彙，不要一成不變。

這大體上是好的建議，但若是故事裡的「說」字卻另當別論。如果對話是問句，那麼「問」這個字也一樣是個好字眼。「問」也是個會消失的字，此外「又說」也是個好字眼，只要用得恰當，不要過度使用便好。

但你最好絕不要這麼寫：「你把土豬（南非產的食蟻獸）放在哪裡了？」她詢問。或是：「你不討厭土豬嗎？」他質問。

詢問和質問本身即是引人注目的字彙，會使讀者偏離故事。讀者只要看見問號，就知道書中角色在詢問和質問。

此外也要避免其他引人注目的字眼，如斷言、主張、咬字清晰地說、聲明、矢言（在我開始寫這一段之前，我從沒聽過這個字彙）、一口咬定、聲稱、宣稱、論斷、閒談、爭論、宣布、表達、暗示、提起、陳述、以為、宣告、聲明、發言、表明、說出口。我並非要你絕對不用這些好字彙，只是不要拿它們來代替「說」這個字。

試試看這個練習：挑一個老故事，以上面的字彙代替「說」，再用「說」來寫對話，比較一下兩者哪一種較好。

這項規則也有例外的情況。你可以運用別的字彙替代「說」來顯示音量，這麼做很好。比方你可以寫：「我們得離開這裡。」提姆低語，或者：「我們得離開這裡。」吉里安高喊（或大吼、尖叫、扯直喉嚨叫）。這些字彙都不錯，因為你使用它們時提供讀者新的資訊；可是不要只為了避免使用「說」這個字，而讓你的角色低語或大喊大叫。

如果你想製造「笑果」，那也可以用別的字來取代「說」。請看下面的例子：

「我鄙視而且厭惡簡單的語法。」他斷言。

「哦，閉上你的嘴。」她吼一句。

如果你能處理得好，使用其他字彙也不錯，只要你的故事看起來更生動流暢。

寫作的風格不斷改變。如果你閱讀古典文學，便會看到許多顯眼的說話動詞：我剛看過夏綠蒂·布朗黛（Charlotte Bronte）的名著《簡愛》（*Jane Eyre*），這是一八四七年出版的書，發現主角說話時大多用「再度開口」這字眼，幾乎很少用「說」的！我也看了我最喜愛的小說《傲慢與偏見》（*Pride and Prejudice*），這是珍·奧斯汀的作品，於一八一七年出版。我發現珍·奧斯汀經常用「叫著」來代替「說」這個字，以致「叫」這個字也成了視而不見的隱形字了。

你再看一下你喜愛的幾本書，而且是最近五十年內出版的，請問你有看見許多「大喊」、「質問」或「打岔」等字眼嗎？我相信沒有。

因為時下流行的「說」是個美好的字彙。

寫作時間！

這是個對話練習，請任選下列一個題目，或兩個都寫均可。

★一對兄妹被留在一個陌生城市的某處街角，請寫下他們討論該怎麼辦的對話。

★一艘地球的太空船接近一座人類鮮少探索的星球，船上有兩名太空探險員，他們商量該如何與這個星球上的居民溝通，據了解這些生物很聰明。請寫下他們討論的內容。

如果你喜歡，可以把這個習題寫成故事。

好好享受寫作的樂趣！

要把作品保留起來喔。

第二十二章　我閉著眼都認得她

正如我喜歡「說」這個字，我也喜歡完全略去它，有時你可以不用指名就讓讀者知道是誰在說話，這種寫法非常乾淨俐落。

在《願望》（*The Wish*）裡，妮娜是個人緣好的女孩，讀者初次看到她時，故事的主角韋瑪抱著狗睡覺，妮娜見了便說：「這樣很怪喔，韋瑪，舉止怪異要扣五分。」

妮娜經常給人加分或扣分，書中除了她之外沒人會這樣，所以讀者很快便明白，只要一看到分數，就知道誰在說話，於是不必特別指名是妮娜說的。

這樣有什麼好處呢？

我在上一章裡提過，「說」是個隱形的字，也許我該說它是可忽略的字，因為它在那裡占著位置，但卻對情節、人物或任何事情沒有貢獻；它只是存在著，如果能把它省去會好一些。

自成一格的獨特說話方式通常能表達出角色的個性；妮娜是個有見解的孩

子，她獨到的觀點和看法透露了這一點。

自成一格的說話方式很討讀者歡心，能讓讀者覺得自己了解書中人物，他們會想：嗯，那是妮娜，不論在哪兒我都認得出她，於是更加投入故事情節。

所以呢，還有什麼別種說話風格呢？

各位大概知道有人總喜歡搶著替你把話說完；你才停下來喘口氣準備往下說，對方卻搶著把你要說的話先講出來了。這也是一種說話風格。

各位或許還會碰到另一種人，這種人每次一開口就說：「聽我說！」藉此告知你他非常希望得到你的注意；這又是一種說話風格。

我最近碰到一個人，她說話不時插上一句：「你知道嗎？」然後自問自答一番。她愛發脾氣，因此答案總是帶著敵意，譬如說：「你知道嗎？你是個白癡。」或是「你知道嗎？這裡的菜真難吃。」

我在第十一章裡舉了一個例子，兩個孩子用很不自然的說法談論學校發生的火災，在此覆述他們前兩段對話：

「我在上語言藝術課時鼻子突然覺察到一縷煙味，於是馬上起了疑心。」

艾比姬兒說。

「那一定把你嚇壞了吧？你有沒有立刻驚覺到起因是火災？」

我認為你應該避免這種對話。

呃，至少應該儘量避免，不過如果想要搞笑，這種生硬呆板的說話風格倒很合適，或者你的角色本來就呆板又笨拙，真的以這種方式說話。

但你可不能讓所有角色說話都別具特色，否則讀者一定抓狂，搞不清楚誰是誰，此外也不見得非要獨特的說話風格才好。

寫作時間！

從現在起，注意傾聽人們說話的方式，聽清楚他們獨特的語言風格。說不定某個老師對學生發脾氣時，會使用某個特殊的措辭或字眼，或者他特別高興時，也有某個特殊的口頭禪；此外你的弟弟可能也有經常掛在嘴上的用語。

你注意到某種獨特的說話風格時，記得寫下來，然後註明你對它有什麼感覺，並猜測對方以這種方式說話的理由，再把你的想法寫下來。理由可能很多，譬如搶著幫你把話說完的人或許很有同情心，她只是想幫助你把想說的話說出來；也可能她沒什麼耐性，懶得等你慢吞吞地一五一十從頭說起。

針對你所注意到的每一種說話風格，擬一份角色問卷詳載虛構人物的說話方式，這個虛構人物可以和真人很相像，也可以不像。

然後將這個（或這些）人物安插進故事裡，觀察他們的說話風格是否影響了故事的發展。

如果你找不到具有獨特說話風格的真實人物，那就虛構一種說話風格，並利用角色問卷創造一個人物來配合，寫一個故事，務必要寫出展現其獨特說話風格的對話。

好好享受寫作的樂趣！

要把作品保留起來喔。

第二十三章　運用肢體語言

無論在小說或真實生活中，對話的數量遠比發表演說來得多。當你說話時，可能會搔搔耳背，搓著兩手，看看地上，或微笑、點頭，看著落日，也可能會摳著手臂上的小疙瘩。

人與人相處時所做的動作稱為「肢體語言」，而肢體語言和口語溝通的效果同樣流暢自然，有時甚至更為真實不虛。要說謊或許不難，但要以動作表現謊言卻很難。

我敢說你們有時會試著掩飾對某人的怒意，卻在不經意之中表露出來；也許你平常會面帶微笑，但生氣時卻不笑；也許你平常會和那個人擁抱問候，但你生氣時卻渾身僵硬，很快抱一下就鬆開對方。

以下是我的小說《願望》裡的一段，做為肢體語言的範例：韋瑪是第一人稱全知觀點的角色，其他角色都是她的朋友，除了其中一個外，其他人都在生她的氣。

黛芬聽我說話就像個朋友，不時點頭，微笑，該皺眉時皺眉；碧碧說了一句「走遠點」，還喊了一聲「啊哦」，但她多半用手指撥弄頭髮，一會兒把髮絲捲在手指上，隨後又鬆開；妮娜雙臂抱在胸前，一言不發地瞪著我；阿狄絲不時彈著舌頭發出咂咂聲，活像我說的全是廢話，瞧都不瞧我一眼，兩眼盯著天花板。

你應該看得出來的，不是嗎？黛芬是唯一不生氣的人，碧碧有點生氣，而妮娜和阿狄絲非常非常生氣，即使她們什麼都沒說。

肢體語言十分有力，因此你應該在故事裡妥為運用；記得第十一章裡艾比姬兒和表姊妹布琳的對話：

「我在語言藝術教室聞到煙味，不太濃，只是淡淡的。」艾比姬兒說。

「真嚇人，你馬上就知道發生火災了嗎？」

「沒有，語言藝術教室就在科學實驗室隔壁，那裡總是飄著怪味。」

「那你是什麼時候才發現情況不對呢？」

「呃，我聽到校長孟特里歐女士在廣播，一聽到擴音器播出她的聲音，我就知道出事了；如果只是科學實驗她才不會大驚小怪呢。」

這段文字裡我們絲毫看不出這兩人正在做什麼，她們可能在打乒乓球，也可能在烤軟糖，我們不知道她們相互的感覺如何，只知道她們正在交談。

現在讓我們來填空；想像她們正坐在艾比姬兒家後院的草地上，等著大人叫她們去吃晚餐；我們再想像布琳比艾比姬兒小兩歲，她抬眼看著艾比姬兒，希望得到表姊的注意，但艾比姬兒卻覺得她很無趣。

現在請看，我要加進一些肢體語言和一點想法，但絲毫不改變她們對話的內容。

「我在語言藝術教室聞到煙味，不太濃，只是淡淡的。」艾比姬兒邊說邊搔著被蚊子叮的腫包。

布琳湊近一些，但艾比姬兒並沒有注視她的眼睛。「真嚇人。」

艾比姬兒把身體挪開一點。

布琳又靠近一些，接著問：「你馬上就知道發生火災了嗎？」

「沒有。」艾比姬兒沒再說下去。

布琳歪著頭，等她往下說，等了整整兩分鐘。

之後艾比姬兒才聳聳肩說：「語言藝術教室就在科學實驗室隔壁，那裡總是飄著怪味。」

布琳興匆匆地點著頭問：「那你是什麼時候才發現情況不對呢？」

「呃……」艾比姬兒看看錶，接著說：「我聽到校長孟特里歐女士在廣播，一聽到擴音器播出她的聲音，我就知道出事了；如果只是科學實驗她才不會大驚小怪呢。」她說完便站起來轉身走進屋裡。

你覺得怎樣？你開始對這些角色感興趣了吧，尤其是布琳？這麼一來就可能發展出一個故事，故事一開始或許是布琳滿懷興奮地要去看表姊，很希望能跟她做朋友。

寫作時間！

拿出我在第十一章「對話」中請你保留的對話練習，如果你不只做一項練習，那就挑一個出來。萬一不幸你找不到做好的練習，只得再做一次，或從你的故事裡挑一段未經修改的對話，要不就再寫一頁新的對話。請你決定對話進行的地點，並擴展情境，然後決定你的角色，界定他們之間的關係。舉例來說，娜蒂亞八十六歲，凱西八十四歲，兩人同住在一所養老院；她們或許相處得不錯，也可能關係不佳，經常吵架。

不論你的決定如何，請在對話中加入動作，肢體語言，以及她們的想法。如果有需要，儘可以改變她們說話的內容。

如果這段對話發展成一個故事，請盡情發揮，如果沒有也沒關係。

此外把你保留的其他對話也加以擴大改寫。

好好享受寫作的樂趣！

要把作品保留起來喔。

第二十四章　方法寫作

小說作家有時必須寫一些從未親身體驗過的事，又得寫得取信於人有說服力，有時還得描寫自己不曾有過的情緒與感受；這到底要怎麼寫呢？你會怎麼做呢？

演員也會碰到類似的情況；演員可能扮演奴隸或海盜，甚至外星人。我看過一齣戲，戲裡有個女演員演一隻狗，而她甚至沒有穿上狗的戲服。

演員是怎麼辦到的呢？

我確信那位扮演狗的演員一定花了不少時間觀察狗，此外她也可能運用一種稱為「方法演技」的技巧。

所謂的方法演技便是演員憶起他們真實生活中，和所飾演角色經歷類似的事件和感情。舉例來說，一位扮演殺人凶手的演員並沒殺過人（但願如此），但他很可能殺過幾隻蚊子，兩隻蟑螂或螞蟻之類的。

我敢說你一定也有，當你猛拍一隻蚊子把牠打死時，是否曾想過自己終結了一個生命？那當兒你可能會覺得又生氣又可憐蚊子，生氣是因為你討厭蚊子，為什麼牠偏偏要叮你？你可憐蚊子是因為你明知牠不是故意要傷害你，牠只是個無辜的小生物，叮咬是牠天生的本能。

而演員便運用這類的回憶來加強刻畫他扮演的凶手角色。

扮演外星人的演員無疑絕不是外星人，但可能曾經去過某個對當地語言和風俗完全陌生的國家。你可能最近搬家到一個新的社區，轉學到新的學校，那裡的人言談行為不同於你以前認識的人，況且你在新環境裡誰也不認識；這時你不覺得自己有點像外星人嗎？

你也可以學舞臺劇和電影演員的方法，根據自己類似的經驗來塑造角色，成為一個「方法寫作」的作家。

寫作時間！

運用方法寫作來描寫以下一項或多項可能狀況：

★你的主角是個情報員。雖然你從來沒當過情報員，但我想你一定有過一、兩次千方百計想發掘你不該知道的事情，也可能無意間聽到你不該聽到的事。甚至你還為了某種原因，假裝是某人的朋友但其實根本不是。這些都是類似情報員的經驗，請利用這種經驗及感受來描寫一個關於情報員的故事。

★你的主角是蘭普吉，她邂逅了王子，或者主角是王子，他邂逅了蘭普吉，他們開始交談，兩人互生愛慕之情；你可以選擇兩者任何一人的觀點，來描寫墜入愛河的情節。

你也許不曾體驗過浪漫的愛情，但你應該喜歡過朋友，愛你的家人和寵物，所以請運用這些情感經驗來敘述故事。

★你的主角是舉世聞名的時光機器發明家；為了假想自己化身為他或她，請你回想靈感乍現的經驗；你再想想自己因某項成就獲得肯定的時刻，並以主角第一人稱全知觀點來敘述故事。

好好享受寫作的樂趣！
要把作品保留起來喔。

第二十五章　寫些俏皮話

你可能是個優秀的作家，卻從不寫一句逗趣的俏皮話。許多好傑出作家專門撰寫嚴肅的神祕著作、歷險故事、戲劇或浪漫小說等各式各樣的作品，建立長久且成功的寫作生涯；其實這些作家本人或許富有幽默感，雖然並未表現在作品中。

但如果你想寫些幽默逗趣的故事，這一章的內容或許對你會有幫助。我說「或許」是因為幽默是個很滑溜、變化莫測的東西；我覺得很滑稽的事在你看來可能根本不好笑，甚至可能蠢得很。還有，也許你我一年前都覺得某件事很逗趣，可是後來我們想起來時卻覺得一點也不好玩了。

等你在寫本章結尾的練習時，或許根本寫不出半點逗趣的內容；別擔心，也許下一回你不刻意搞笑時，反倒能達到爆笑的笑果呢；幽默可是強求不得的。

下面有一個笑話，你可能看過了，這是個老掉牙的笑話。

農夫布朗有兩匹馬，他總分不清牠們。這兩匹馬的頭一樣大，都有著同樣濃密的鬃毛和尾巴，也同樣脾氣溫馴，工作勤奮。最後他決定測量一下牠的身高，看是否一匹比另一匹高一些；他量了一量，果然不錯！棕色的馬比白色的馬高了四英寸！

如果你覺得這笑話好笑，是因為最後出其不意的冒出關鍵性的笑點。許多笑話的笑點都在出人意表，你不妨想幾個這樣的笑話，它們之所以好笑，正因為你料想不到的笑點突然出現。

出其不意並不只適用於笑話，其他種類的幽默也適用。一位虛弱的老太太有雙臭腳丫就令人意外，也很好笑，但如果足球員有雙臭腳丫就很平常，沒什麼好笑。

《蘇諾拉公主的長睡》裡有一段，描寫的情景和一般人所知的嬰兒舉止截然不同，因此很逗趣——但願如此。

王室保姆真的很不習慣照顧蘇諾拉。要幫一個看書的嬰兒換尿布好奇怪，尤其這小娃兒還會紅著臉說：「真不好意思麻煩你幫我處理排泄物。」

不過幽默並非一定得靠出其不意才能達到笑果。有些事情，譬如踢到腳趾本身就好笑，至少某些人覺得如此。放屁對某些人而言更是屢試不爽的笑點。就連食物也可以搞笑，想像一下綠泥巴燉鱷魚眼珠。你可以自己想出另一些好笑逗趣的事嗎？請發揮你的想像力，這一類的幽默別擔心會太蠢。

還有的幽默要靠預期心理來加強笑果，而不是出人意外。舉例來說，艾蜜莉亞·貝迪利亞是個常會誤解事情的角色，而且會因誤解而做出可笑的事。我們閱讀她的故事時，發現每次她搞胡塗時就會鬧笑話；所以每當事情朝著艾蜜莉亞可能誤解的方向進行時，讀者便開始咯咯笑起來，準備等著看好戲；稍後不論艾蜜莉亞遇上什麼麻煩，搞出一堆爛攤子時，由於讀者的預期心理就顯得更好笑了。

如果幽默和某件嚴肅正經的事扯上關係，笑果也會加強；《魔法灰姑娘》裡有一段，愛拉的鸚鵡喬克命令她親吻牠，可是喬克卻不停飛著，她怎麼也親不到牠，這場景挺搞笑的；因為愛拉受到一項可怕的服從詛咒，身不由己之下就更好笑了。

除了這些之外，你是否注意到個人的災難在安全脫身之後，歷險記往往變成了笑料？有一回我聽童書及繪本作家派翠．波拉蔻（Patricia Polacco）說起她搭飛機的遭遇，她的行李箱被燒了，箱裡的白色皮草大衣全毀；當時這一定是很可怕的經歷，但後來每個人聽到這件事時都笑得喘不過氣來。

雙關語是較知性的幽默，幾乎不涉及情緒，重點是一語雙關，它們並不會讓你笑得東倒西歪，你可能只會咯咯笑兩聲，而不是哈哈大笑，但還是很逗趣。

《仙子回來了》的主角羅賓人稱雙關語大王，當他遇到雲雀公主時，跟她說了幾句有關貴族和王室的雙關語，他是這麼說的：

為什麼國王像根碼棍？因為兩者都是量尺（ruler，亦有統治者之意）。

哪個階級的貴族數學最好？是伯爵（count，亦有算數之意）。

為什麼王公貴人喜歡瞪著眼？因為他們是貴族（peers，亦有凝視之意）。

我可以告訴你我是怎麼想出這些雙關語的。首先把我所知道所有關於貴族、王室、城堡或宮廷生活的字彙全列出來，這時我的大字典和百科全書便派上用場；接著我再仔細看著列出的清單，盡情發揮想像力；我會特別搜尋有兩個字義的字彙，即使另一個字義的拼法略有不同。

比方「國王」（king）這個字彙，我就找到 sovereign, ruler, sire, highness, majesty, monarch, rex 等同義字，而 sovereign 另一個字義是一種硬幣，但許多人卻不知道這層意思，如果讀者不懂你說的是什麼，那就沒什麼趣味了。

至於 ruler 也有兩種字義，也就是統治者和量尺，這是盡人皆知的通俗雙關語，比較適合拿來做文章。還有一個優點是 ruler 和 king 都是名詞（sovereign 和 king 也都是名詞），如果用不同詞性的字彙，譬如名詞和動詞來設計雙關語會很難。

接下來便是把 king 和 ruler 兩個字彙放在一起，但不要把笑點曝光；如果寫成「為什麼國王像個測量器？」並不好，因為答案會很明顯，如果寫「為什麼國王可能有三英尺？」也不太對；一定有個更好的說法，而我所能想到最好的說法便是：「為什麼國王像根碼棍（yardstick，一種量尺）？」

幾年前我先生帶我們玩一種「最愛吃什麼麼食物」的同音雙關字謎遊戲。他先問我們：「修水管匠最愛吃什麼蔬菜？」答案是韭菜（leeks），因為和漏水（leaks）同音。

然後換我問他：「鼓手最喜歡吃什麼蔬菜？」你猜得出答案嗎？你在想答案的同時，我再提供另一個類似的雙關語字謎：「敲打樂手最愛吃的食物是什麼？」答案是雞腿（drumsticks，另一字義是鼓棒）！

萬一你想不出鼓手愛吃什麼蔬菜的答案，順便告訴你是甜菜（beets，和 beats 節奏同音）。

寫作時間！

選下列一項或多項寫一個故事：

★一隻聰明的螞蟻盯著正在野餐的人們，想辦法弄些吃的。

★一位中世紀的騎士和你在一家現代的餐館用餐。

★你所遭遇一件可怕，但不悲慘的事情。

請多寫一些雙關語！

先列出一大堆食物的字彙，盯著清單看，找尋其中有雙重字義的字，看看能否用這些字編成最愛食物的雙關語字謎。

好好享受寫作的樂趣！

要把作品保留起來喔。

第二十六章　合適的名字

名字很重要。就以德國童話故事《侏儒怪》（*Rumpelstiltskin*）的故事為例，如果侏儒怪的名字叫羅伯而不是隆波史提司金，整個故事就失去張力了。（譯注：這個故事是新娘為了救王子，答應侏儒怪把亞麻紡成金子，並答應把第一個孩子交給侏儒怪，除非她能猜中他的名字，結果新娘真的猜中，侏儒怪便死了。）

我們常會碰到被父母取錯名字的人，人不如其名，名不符實的情況都有，我們可不希望自己小說裡的人物面臨這種問題。除非存心搞笑，否則我們應該不會把主角命名為阿莫，女主角命名為卡拉力之類的。

那麼你怎麼去挑選合適的名字呢？

通常我會從為小孩命名的名冊裡找名字，名冊裡會列出每個名字的簡史，來歷及其意義，有時還滿管用的，神話故事裡也提供不少名字，至於電話簿和學校畢業紀念冊亦可提供名字和姓氏。

我偶爾也會從真實生活裡取材，有時我會選用學校裡認識的孩子的名字，或是從自己過去的生活中尋找。比方《夜晚的大衛》，這本書和我父親的童年有關連，而他就叫大衛，看見父親的名字出現在我的書裡，我真的很開心。

你在尋找角色名字時可以天馬行空的想像。我在寫《為了比鐸王國》這本書時，猛翻百科全書為一個仙子命名，這個仙子喜歡把人變成蟾蜍，於是我把她取名叫「朋比拿」，這是一種肚皮火紅色蟾蜍的學名。《蘇諾拉公主的長睡》這本書裡，有一個對蘇諾拉公主施邪咒的仙子叫貝拉多娜，這是一種有毒植物的名稱。

我利用嬰兒命名手冊或其他資源時，會挑出喜歡的名字列出清單，再從中選出最適合角色的名字。我為小說《願望》的女主角選的名字是韋瑪（Wilma），因為它非常符合一個不受歡迎女孩的形象，直到現在看來似乎仍然如此。不過名字的流行趨勢也會改變，若是二十年前我可能會選哈娜（Hannah）而不是韋瑪，如今哈哪已是普通常見的名字，所以叫哈娜的女孩往往挺受歡迎的。多年以前真有父母把小孩命名為蓋兒（Gail），而現在大多數父母卻對真正好的名字視而不見。

除了為人命名之外，你可能還得為故事裡的動物和寵物取名字。你可以直接引用你寵物的名字，讓牠趁機出出鋒頭；你也可以上網搜尋寵物名字的網站，一定能找到很多不錯的建議。

由於我的作品大多是虛構的幻想故事，常得想出許多王國，城鎮及村莊的名稱，所以我常查閱地圖尋求靈感。首先我會注意拼字和發音與地名有關的字，例如字尾是 **ia** 的字（如 **Australia**，澳洲），或 **land**（如 **England**，英格蘭），以及 **io**（如 **Ontario**，安大略），然後再把它們混合交換，略做更動，組合成新字。《魔法灰姑娘》裡的吉利，以及《最美的》裡面盎提歐鎮和盎提歐城堡，就是以這種方法命名的。

你的故事也需要名字；有的作家是為書命名的天才，至於我們這些人就得很努力的想名字。

為書命名的方法之一是想想你故事的主題，把主題寫成幾個字的摘要，字數愈少愈好；試著用幾種不同方式來表達主題，再把它們全寫下來，而你的書名可能正在其中——也許是一句片語或一個字，就在你的眼前。

把你故事裡精采的句子畫線做記號，說不定其中一句就能成為很棒的書名；或者主角的名字就可當做書名或書名的一部分；許多經典名著就是以主角名字當書名，譬如：《彼得潘》（*Peter Pan*）、《海蒂》（*Heidi*）及《黑神駒》（*Black Beauty*）等。

寫作時間！

替以下幾個角色想名字，你可參考嬰兒命名冊，電話簿或任何有幫助的資源。

★收集骨董鈕扣的伯爵夫人。

★除了說謊講話都口吃的男孩。

★住在沼澤裡會拉小提琴的小妖精。

★十九世紀一位法國農夫，他頗有藝術天分卻很少有機會表現。

★一隻喜歡小孩的母狗，一有機會就蹺家。

★一隻會說七種語言的黃色鸚鵡。

★一個高中生，他最喜歡的科目是科學，他從幼稚園起只有同一個好朋友。

★一個一九四〇年代短小精壯的踢踏舞者，曾在幾部電影中演出。

★一個十八歲的流浪漢，會寫詩和修理摩托車。

★一頭瘦小且火力微弱的噴火龍。

好好享受寫作的樂趣！

要把作品保留起來喔。

第二十七章　改寫童話故事

童話故事是很深刻的，而且有力。舉例來說，像《美女與野獸》和《青蛙王子》的主題是有關被愛；就我所見，《糖果屋》是討論拋棄的故事，《白雪公主》是討論妒嫉，而《灰姑娘》的主題是不被欣賞肯定。

當你述說童話故事時，你也發掘了故事中的深刻意涵和力量。童話故事裡還富有神奇的魔力，像披上會隱形的斗篷，跨一步就走七里格路的靴子（里格是距離單位，約等於三英里），會自動裝滿錢的錢包，會自動擺滿食物且源源不斷供應的桌子，在《鵝女孩》（*The Goose Girl*）的故事裡，甚至還有一個死馬頭會說話呢。

以傳統的方式來說神奇童話故事，魔力總是一閃而過；你披上隱形斗篷，唰！的一聲，你就變不見了，但故事從不告訴我們隱形的感覺如何，也沒說隱形後還看得到自己嗎，或者別人是否聽得見隱形人的聲音。

在神奇童話故事裡，人們會被變成石頭，變成樹，變成青蛙或鹿，可是故事並沒說那是什麼感覺？變身會痛嗎？如果某人被變成青蛙，那他會想吃昆蟲嗎？還是仍愛吃漢堡？

我很愛想像這些神奇事情發生時當事人的感覺，還有魔力是怎麼生效的。在《為了比鐸王國》裡有個童話公主，我寫到她被變成蟾蜍時，特別描寫她有什麼感覺，還有一個人被困在蟾蜍的身體裡是什麼樣的滋味。

童話故事最妙的地方是，你可以隨心所欲想像情節，愛怎麼寫就怎麼寫；你的小妖精不一定非得長著尖尖的耳朵，她也可以長著毛茸茸的大耳朵，或者小到不能再小的耳朵，只是皮膚上兩個小針孔罷了；而你的巨人也可以只跟蚊子相比才是龐然大物。

大多數的童話故事都年代久遠，老到根本沒有人擁有它們的版權，因此也不受著作權的保護，所以你大可以拿它們做原型加以變化改寫。如果你覺得灰姑娘應該有七個繼姊妹，那就給她七個；如果你認為《白雪公主》裡的壞王后想知道全世界誰的脖子最長，那就這麼寫。

我挑選老童話故事改寫時，總是挑那些讓我看了生氣或不合邏輯的奇怪情節。就以《豌豆公主》為例，故事裡的國王和王后要替他們最寵愛、最自豪的王子找一位「真正的公主」，娶她為妻，結果他們是如何檢測她公主的特質呢？

那真是不合邏輯又莫名其妙，國王和王后到底是怎麼想的？一位真正的公主以後將成為掌握百姓生殺大權的王后，而只憑她能覺察出床墊下一顆豆子的敏感，真有助於她做出明智的決定嗎？

我可不這麼認為。

這便是驅使我寫另一個公主故事——《公主的考驗》（*The Princess Test*）的原因。

童話故事裡經常出現一見鍾情的情節，成千上萬的小說和電影亦然；童話故事裡的王子對女主角一見鍾情，往往是因為她又甜又美麗，而少女愛上王子也是因為他英俊又具有王子的尊貴身分；但這還不夠好。

我寫《魔法灰姑娘》時，就特別著墨於王子和愛拉的之間的愛情；我不認為他們只因為共舞過幾次就瘋狂墜入情網，所以才安排愛拉和查爾王子在舞會前就見過面。

還有許多童話故事我還沒有改寫，但即使我或其他作家改寫過，你還是可以撰寫自己的版本。

寫作時間！

請寫一個故事，說明《美女與野獸》裡的王子為什麼會變成野獸？如果你看過某本書或電影就此有所解釋，你也不用理會，只管寫你的自己的理由。記得要描述王子變成野獸時有什麼感覺，並清楚描述你的野獸是什麼模樣。

接下來，請改寫《侏儒怪》的故事，解釋為什麼侏儒怪要帶走王后的孩子，還有他為什麼要再給王后一次機會，讓她藉著猜中他的名字來保住孩子；如果你覺得故事裡還有其他不合理之處，也請一併處理。

好好享受寫作的樂趣！

要把作品保留起來喔。

第五部　永遠寫不停

第二十八章　為了振奮精神而寫

每當我的生活裡發生重大事件，我會記載下來，不論是寫在速記本或在電腦裡，我從不曾把這些文字直接用在作品中，但我所表達的感情和想法可能滲入，轉型並以另一種面貌被寫進我的書裡。

其實寫這些東西會占用許多寫書的時間，那我為什麼還要這麼做呢？

我這麼做是因為有需要，因為它能幫助我安定情緒，完成事件的過程。當年恐怖分子攻擊紐約世界貿易中心和五角大廈時，我整整一個星期沒有寫這項可怕的攻擊，一直到我遇到寫作班的學生時，在那之前我還沒做好準備。那一天我給全班出了一個習題，要大家寫一封信給十五年後的自己，談談有關這項災難；這封信並不必記載相關的事實，因為事實已經記錄在報紙新聞裡，更即將被載入多本書籍。我們要寫的是自己得知恐怖攻擊發生時身在何處，當時我們有什麼想法，什麼感受，還有我們的日常生活發生了什麼變化和影響。

平常我們寫了二十分鐘或半小時後，都會停下來休息，但那天大家卻一直不停地寫。通常我會鼓勵每個同學分享他們寫的文章，再一起評論，提出意見，但那天我說如果不想分享也沒關係。一星期後我們再上課時，只有一個同學和我願意朗誦自己的文章；我念自己寫的內容時，刻意略過某些部分，因為那幾段我顯得很膽怯，要不就是太悲傷了。

重要的是我寫的文章對我產生力量，但或許對別人並沒有這種作用；我並沒有修飾文詞，也沒有刻意寫得很戲劇化。

我也會記下快樂的時刻。我寫關於《魔法灰姑娘》獲得紐伯瑞文學獎的殊榮，以及這本書出版後所發生的一切美好的事；我還寫下我先生戒菸，及我辭去工作成為全職作家的經過。

這些寫作經驗培育了我；我探索自己的感覺，更深刻的體驗它們。我甚至可以說，這種寫作歷練強化了我的人性與愛心，更加深了我對他人的了解，同時也提升了我的寫作能力，穿透了我全身直到骨髓，使寫作對我而言就如思考和說話一樣自然而然。

如果你也把生活心情記錄下來，要把它們保存起來。

讓寫作成為你的安慰，你的伴侶和祕密的快樂。

寫作時間！

請你也和我們一樣，寫一封信給十五年後的自己，告訴你自己最近生活中發生的大事件，這件事可以對很多人發生，也可以只發生在你身上，它可以很棒，也可以很糟。請說明事件是怎麼發生的，你對它的感受，你做了什麼因應，以及什麼人針對事件說了什麼話，不要有任何遺漏，要一直想一直寫，寫到你窮思竭慮地快把頭髮扯掉，再也想不出任何事為止。最後把這封信收到一個安全的地方，記得十五年後拿出來看。

這裡還有一個練習，但不是今天要做，除非今天是你的生日。你的生日快來時，請寫一篇有關生日的文章，不必以寫信給未來的自己的方式來寫，就照你喜歡的任何形式寫。如果你有舉行慶生會，就寫慶祝的情形，你收到什麼禮物，誰送你什麼禮物，那些禮物對你而言有什麼意義，你自認過去一年來有何成就，你成長的方式，去年內有什麼不順心的事，再寫長了一歲的感受與意義；把你所能想到有關生日的一切，不論好壞全寫下來。

等到你明年和後年生日時再寫一次，永遠不停寫下去！

好好享受寫作的樂趣，即使你寫的是悲傷的事！這或許是一種奇特的樂趣——沮喪低落的樂趣，還有過度亢奮的樂趣，自憐的樂趣，不論你寫的是悲是喜，都在慶祝自己的生日。

要把作品保留起來喔。

第二十九章　出版你的作品

討論如何出版的書籍不知凡幾，公共圖書館裡有這類書，書店裡也有，關於這個主題我只有幾點要說明。

不久之前有個女孩寫信給我，詢問該如何把她寫的故事出版。她請我能否到網路上看她作品的前三章，還把網址告訴我。我一看到她提起網路，心裡就想，喔，不妙！

你能猜到為什麼嗎？

因為她已經把故事出版了，至少是前三章。

當一本書的原稿被出版社接受，要出版這本書時，出版社並不是永久性的買下這本書的版權，而是買下這本書在某些地方，某種語文及某段時間的版權。

舉例來說，美國的哈波柯林斯出版社買下《魔法灰姑娘》在北美洲及菲律賓的英文獨家版權，時間視這本書每年獲得的利潤而定；不久之後，德國的伯特斯曼出版社也買下本書為期七年的全球德文版權，而聆聽圖書館也買下此書長達二十年的英語錄音帶版權。

請注意「獨家」這兩個字，它正是寫信給我的女孩面臨的問題。她現已無法把她作品的獨家版權賣出去，因為她已經把故事登上網站，供人免費點閱，出版社根本無法靠這個故事賺取任何利潤，你說有誰會花錢去買可以免費下載的書呢？

如果她的故事有三十章，前三章只是個開始，這倒沒什麼大礙，她還是可以提供獨家版權，至於已發表的前三章就當做是吸引讀者買書的廣告，但如果她的書一共只有五章，那就大有問題了。

其實我覺得只要你不打算出售版權，把作品上網發表倒是不錯，你可能吸引到讀者，也可能得到有用的評論和意見；有些網站對所有作品來者不拒，有些網站會篩選，有些需付費，有些免付費，我還聽說有的網站甚至會付稿費給作者；你可以搜尋「青年作家」尋找不同網站查詢。

此外還有提供給孩子們將作品付印發行的機會，通常都是兒童雜誌提供的發表園地，大部分的雜誌都不付稿費，且大多只接受短篇作品，如詩或極短篇故事，但如果你的作品被採納，還是很大的成就。若想找尋這類的發表機會，可以查詢一本名為《小作家作品出版指南》（*The Young Wirter's Guide to Getting Published*）的書，作者是凱西．韓德森（Kathy Henderson），「作者文摘」（**Writer's Digest Book**）出版，圖書館可能會有這本書。

如果你把書稿交給較挑剔的出版社，那可能就會體驗恐怖的退稿！

有些出版社會接受文字經紀推薦的全部書稿，但有些出版社只接受稱為詢問信，亦即不知名作者作品的書摘及樣章。

至於接受全部書稿的出版社，接受的書稿也多到不計其數，而扔棄的數量更多得超乎你的想像，比他們的編輯快速瀏覽來稿的數量多得多。當一份書稿送到出版社時，立刻就被塞到一大堆待審書稿的最底層，這一堆書稿有個可怕的名稱：垃圾堆。最下面的書稿要爬到最上面，可能得花十個月以上的時間。你能及早開始實在很幸運！

壞消息還不只這些。所有書稿彼此激烈競爭，出版社只會接受少數幾本書。

我所認識的作家們幾乎全都有退稿經驗，而我可能是退稿女王，遭退稿的次數稱冠文友。在我的書被出版的漫漫長路中，我的故事書，大多是繪本，曾慘遭每一家我能找到的童書出版社退稿；我收到的大部分是制式化的退稿信，我把它們全扔了，否則都可以拿來當壁紙貼滿家裡的牆壁了。

不過我把出版社編輯親筆寫的退稿信都保存起來，放在一個檔案夾裡，那檔案夾足足有兩英寸厚。最毒的一封退稿件批評我的作品情節爛透了，故事缺乏深刻情感，也無角色發展可言。我每到一所學校上課時，都會把這封退稿信念給孩子們聽。

我為什麼要這麼做？這不是很糗嗎？

其實並不糗；我們都被退過稿。我甚至聽說某個作者團體的成員還會比賽，看誰一年內被退稿的次數最多，冠軍還有獎品呢。

沒錯，有獎品！因為被退稿最多次的人，最後也會接到最多的錄用電話。由於一再自我推銷，爭取曝光機會，從中得知編輯的反應，然後不停寫下去，始終對自己抱持著信心。

那封最毒的退稿信曾讓我傷心難過，但現在已不再能傷害我，還被我視為至寶的收藏起來，證明我一路走來的艱辛。

令人意想不到的是，有時退稿反而幫了你的忙。《夜晚的大衛》被退了無數次的稿，我也改寫了無數次，最後那一次終於奏效。這本書總算出版了，有一次開會時我為讀者簽書，有位編輯也請我幫她簽名，幾年前她的出版社曾將這本書退稿，她是當時幾位審稿的編輯之一，她告訴我當年她很喜歡這本書，希望出版社錄用，但因其他同事不喜歡它，所以她也莫可奈何。

我並不知道她喜歡這本書，那時只要有人肯出版《夜晚的大衛》或是我的任何作品，要我怎樣都行。但當她轉身離去時，我腦袋裡只有一個念頭：謝天謝地她當年沒有力主錄用這本書！因為後來出版的這一本書（我假想你們已看過的這一本），要比先前那些版本好太多了。

無數次的退稿經驗換來最後的成功，這值得嗎?值得！一千個值得。因為孩子們正在看我寫的故事，我的文字和想法進入他們的腦海和心靈，也許能幫助他們以一種新的方式觀看世界，甚至這些觀點和理念也融入成為他們的一部分，還有什麼比這更好呢？

寫作時間！

請從以下三個選項擇一寫兩個故事，一個是喜劇收場，另一個卻不是；請記住每個版本都是不同的故事，如果除了結局其他都一樣，那故事就太牽強了。

★羅莉請傑姆斯當她學校畢業舞會的舞伴。

★貝斯特正在寫一個新故事，打算投稿給當地報紙。

★艾力正在接受足球隊的選才測試。

如果你喜歡，也可以根據另兩個挑剩的選項再寫兩個故事。

好好享受寫作的樂趣！

要把作品保留起來喔。

第三十章　結尾寫作練習

我們以寫作為開始，現在也以寫作為結束。

寫作時間！

在你寫這個練習前，請翻到目錄頁，瀏覽一遍每一章的標題。現在試著把以下各要點放進練習裡：細節和方法寫作，讓你的主角和讀者受苦，不要太多自我批判。

在第五章「全心投入」裡，我舉了一個例子，以銀行搶案為故事構想，現在我們就回到那家銀行：

搶案發生時，女孩安妮和她表姊及姨媽正好在銀行裡，以下是有關安妮的背景資料，請選擇一項或數項混合使用。

★安妮擁有空手道黑帶資格，她長大後想當警察或消防隊員。

★安妮學了三個月的跆拳道，她的學藝並不精，但自己卻不明白這點，又太過自信。

★安妮的父親兩星期前在街頭遭受攻擊，受到槍傷住院，醫生沒有把握他能活下去。

★安妮認出搶匪是她最要好朋友的哥哥。

★安妮是個瞎子。

★安妮只顧著跟表姊說話，根本不知道發生搶案。

★安妮有超感應力，她能測知搶匪在想什麼。

先不要往下看！

不要翻下一頁！

請至少寫三頁或把整個故事寫完。

現在請翻下一頁，繼續往下看。

以下是有關搶匪的幾項背景資料，請選擇一項或把數項混合使用：

★這是布倫特第一次搶劫。

★布倫特拿的不是真槍。

★布倫特討厭小孩和青少年。

★安妮長得很像布倫特的女兒。

★布倫特把行搶時要對出納員說的話背起來，但他並不會說英語，也聽不太懂。

★布倫特的母親是這家銀行的經理。

★布倫特坐著輪椅。

不要改變安妮。現在改寫你的故事，或另寫一個結合你為布倫特選擇背景資料的新故事。

好好享受寫作的樂趣！

要把作品保留起來喔。

最後我要寫一段結束的話：我寫這本書寫得非常愉快，也希望你們讀得很愉快，練習寫作時一樣開心，更希望寫作已成為你們的一部分，因而創作出非常非常成功的故事。我很想知道你們的成果，請寫信寄到我的出版社，和我分享你們的成就。我或許沒有時間給你們回信，但我會看你們的來信，也知道我會在一旁支持你們。

以寫作自我培育。

藉著寫作告訴我們身為你的感受。

藉著寫作讓我們知道身為人的感受。

故事永遠不嫌多，請多多益善。

把你寫的每一個字都保留起來。

好好享受寫作的樂趣！

WritingMagic

引爆你的寫作力

親愛的讀者：

讀完《故事可以這樣寫》後，相信你已經知道許多寫作的祕訣，也做了許多寫作的練習。接下來的活動你可以自由運用，不論是進一步增強自己的寫作能力，還是跟更多人分享創作的技巧，一定都能激發你最獨特的寫作魔法。

▼在這份學習單中，每個練習皆可以完全獨立。如果你喜歡，也可以盡情發揮想像力，試著以情境寫作連貫每個練習，從中習得所有寫作技巧。善用你的判斷力——這完全取決於你想如何鋪陳你的故事。

▼在這份學習單中，已做了符合寫作練習所需的設計：每頁都留有空白處可填寫。你所需要準備的只有筆、鉛筆，以及一些空白紙張（或是筆記本），以防突然遺忘某些有趣的想法。

好好享受寫作的樂趣，並享受你的創作時光吧！

Writing Magic

為想像力暖身

利用幾分鐘的時間來寫五個新故事的靈感

輕鬆地寫，不論你的腦海裡浮現什麼，不用思考地將它寫下來。暫時拋開文法、修辭或造句，重點是開啟你的想像力。如果其中一個靈感是吸引你的，請好好把握它繼續寫下去！

當作者最重要的事之一，就是了解你的角色

替你故事中的主角打個草稿吧。他的名字是什麼？幾歲？他喜歡在星期六做什麼？他最喜歡的食物及顏色是什麼？為你的主角列一張清單或寫一段文字描述他。

Writing Magic

關注故事的細節

花一兩分鐘注意你的周遭

你看到什麼？你聞到什麼？是吵鬧的？還是安靜的？這些答案都是故事裡的細節。專注於主角裡的世界，對你創造及敘述故事是非常有幫助的。

現在試著將你的主角置於以下的某一種情境（或你可以自己發想），去書寫滿滿的描述及細節。

＊你的主角在海上的一艘船上。

＊你的主角在擁擠的市中心。

＊你的主角在一座被施了魔法的森林裡探險。

Writing Magic

Writing Magic 為你的角色發聲

「對話」是你故事裡的聲音

「我想你的眼睛從來沒有凸出來過吧。」我說。

「我想沒有吧。」海蒂很自得地微笑道，「因為眼睛太小，根本凸不出來。」

這是從蓋兒・卡森・樂文的《魔法灰姑娘》裡出來的一段對話。對話影響故事中角色之間的交流，也是從故事裡得到細節、情緒最直接的方法。

現在你也來寫一寫吧！想像你的角色正在告訴朋友一個祕密。寫下這段對話吧！

從最喜歡的部分下筆

你不一定要從頭開始寫一個故事

有時候，準備好寫一個故事，你只需要開始寫這個故事裡最吸引你的部分，不論它是開頭或是結尾，只要寫你最喜歡的部分。下筆寫吧！記得使用大量的細節和豐富的對話喔！

索引

國家圖書館出版品預行編目資料

故事可以這樣寫：紐伯瑞文學獎得獎作家創作絕技手冊 /
蓋兒.卡森.樂文原著；麥倩宜翻譯. --
二版. -- 臺北市：天衛文化, 2015.01
面；　公分. -- (小魯理論叢書；LT09N)
譯自：Writing magic : creating stories that fly
ISBN 978-957-490-378-8(平裝)

1.兒童小說　2.兒童故事　3.寫作法

815.91　　103022889

小魯理論叢書 LT09N

故事可以這樣寫

紐伯瑞文學獎得獎作家創作絕技手冊

原著／蓋兒・卡森・樂文 Gail Carson Levine
翻譯／麥倩宜
發行人／陳衛平
執行長／沙永玲
總編輯／陳雨嵐
編輯部主任／郭恩惠
助理編輯／余順琪
美術責編／李縈淇
出版者／天衛文化圖書股份有限公司
地址／臺北市 106 安居街六號十二樓
電話／（02）2732-0708（代表號）
傳真／（02）2732-7455
E-mail ／ service@tienwei.com.tw
網址／ www.tienwei.com.tw
facebook 粉絲團／小魯粉絲俱樂部
郵政劃撥／ 1555070-0 帳號
出版登記證／局版臺業字第 5011 號
初版一刷／西元 2008 年 10 月
二版一刷／西元 2015 年 01 月
定價／新臺幣 300 元